KB115922

혼자
걷는
길

혼자 걷는 길

1판 1쇄 발행 | 2019년 6월 27일
지은이 | 김국현
발행인 | 이선우
펴낸곳 | 도서출판 선우미디어

　　등록 | 1997. 8. 7 제305-2014-000020
　　02643 서울시 동대문구 장한로 12길 40, 101동 203호
　　☎ 2272-3351, 3352 팩스: 2272-5540
　　sunwoome@hanmail.net
　　Printed in Korea ⓒ 2019. 김국현

값 13,000원

※ 이 도서의 국립중앙도서관 출판예정도서목록(CIP)은 서지정보유통지원시스템 홈페이지
　(http://seoji.nl.go.kr)와 국가자료공동목록시스템(http://www.nl.go.kr/kolisnet)에서
　이용하실 수 있습니다.(CIP제어번호: CIP2019023542)

ISBN 978-89-5658-614-4 03810

혼자 걷는 길

김국현 에세이

선우미디어 sunwoomedia

책을 내면서

어느 봄날 밤하늘을 바라보다가 문득 내 별 하나가 떠 있다는 생각이 들었다. 세상에 나 혼자가 아님을 깨닫는 순간이었다. 내가 누구이고, 어디서 와서 어디로 가는가. 이 무한한 우주 한 가운데 있는 나 자신에게 일어나는 모든 현상들이 내게 어떤 의미가 있는가. 그런 생각에 이르니 이 세상이 왠지 낯설지 않았다.

수필이란 나 자신과의 독백이자 세상과의 소통이다. 어느 누구니 가슴에 맺힌 감정을 남에게 털어놓고 싶을 때가 있다. 하지만 그 말을 진심으로 자기 일같이 들어줄 사람은 그리 많지 않다. 글은 자신의 이런 마음을 대신해 주는 감정 순화의 좋은 수단이다. 그러기에 한 편의 글을 완성할 때마다 나는 일종의 카타르시스를 누릴 수 있었다.

지난해 세 번째 수필집을 낼 때는 내게 부족한 2%를 채우고 싶어 글을 썼다. 하지만 이제는 부족해도 내가 할 수 있는 만큼만 하기로 했다. 채우지도 못하면서 애만 썼던 어리석음을 깨달았기 때문이다. 욕심을 내려놓으니 마음이 한결 편안해졌다. 잘 쓰려고 하기보다 나의 생각을 있는 그대로 써 내려갔다. 많이 쓰려고 애쓰기보다 독자들의 시린 손을 마주 잡고 온기를 나누는 심정으로 글을 썼다. 그러면 나의 진심을 알아주고 공감하리라 믿었다.

글쓰기에 자신이 생겨 사회수필을 시도해 보았다. 사회 현상을 비평적 시각에서 바라보며 풍자와 해학으로 사회에 올바른 방향을 제시하고자 했다. 내가 글을 쓰는 또 다른 이유는 무엇보다 마음 수양에 있다. 제4집을 준비하면서 삶을 관조하고 세상의 이치를 깨닫고 나의 심성을 다듬는 데 시간을 많이 가졌다. 그건 의도적이라기보다 나 스스로 철이 들어 나이 값을 하느라 그랬는지도 모른다. 인문학 서적을 보면서 성경을 묵상하고 고전을 주로 탐독했다. 그러던 중 마음이 정제되고 사고의 폭이 넓고 깊어졌다. 글을 쓰면서 얻은 축복이요 행운이다.

시 낭송을 즐기는 친구가 내게 조언을 해 주었다. 미술이나 음악 또는 문학으로 작품 활동을 하는 사람은 자신의 작품세계에 몰입하여 자칫 세상에 대한 관심보다 자기중심으로 살게 되고 주위 사람들의 감정에 소홀하기 쉽다. 살아가는 데 특별히 아쉬운 것도 없고, 혼자 먹고 혼자 사색하고 혼자 활동하고 혼자 만족하며 산다. 특히 작가는 그걸 염두에 두어야 한단다. 내게 맞는 말이 될까 두렵다. 나를 옥죄는 생각의 굴레에서 벗어나 일상의 행복을 최선으로 여기며 살아가고 싶다는 마음이 들었다.

　나의 글쓰기에 동반자가 되어준 여행지와 사회나 자연 현상, 갖가지 꽃과 동식물, 그리고 가족과 이웃에 감사한다. 투병 중에도 치열한 사유의 전 과정을 인내하며 지켜준 나 자신이 대견스럽다. 무엇보다 그들을 깊이 사랑하고 천착히며 글쓰기를 즐겨하는 열정과 재능을 주신 하나님께 감사드린다.

2019년 여름에
霞瑩 김국현

06 노숙자의 꿈

01

새
해
맞
이

마중물은 때로는 낚시와도 같다.
낚시는 세월에 물음을 던져 놓고 답을 건져 올리기 위해
기다리는 것이다.
그러기에 마중물은 '물음'이라 해도 맞지 싶다.
마중을 나가도 오고 안 오고는 상대방의 마음에 달렸다.
하지만 기다림에 지극 정성이 있다면
만남이라는 좋은 결과를 가져오기 마련이다.
물을 먹고 싶다면 마중물을 부어야 하듯
대접을 받고 싶으면 먼저 남을 대접해야 한다.
−본문 중에서

괜찮아

우리는 의도적으로 선한 거짓말을 할 때가 있다. 몸에 좋은 거니 먹으라고 하거나 괜찮아질 것이니 너무 상심하지 말라고 위로하는 경우가 그것이다. 그럴 거라 증명이 되었거나 확신이 선 건 아니지만 상대방에게 안심과 위안을 주려는 의도이기에 우리는 그런 행동을 나쁘게 생각하지 않는다. 듣는 사람은 그 말을 그대로 믿었다가 의외로 좋은 결과를 얻는 수도 있다.

의약품 중에 플라세보(Placebo)라는 게 있다. '가짜 약'이라는 별칭을 가지고 있는데, 약 성분이 들어있지 않고 우유나 녹말, 증류수 따위로 만든 것으로 이것을 처방해 주어 환자가 먹고 치료가 되었다는 실제 사례가 있다. 약효가 있을 거라는 긍정적인 믿음이 병을 낫게 하는 것이다.

어릴 때 내가 배가 아프다고 하면 어머니는 "엄마 손은 약손,

너 배는 똥배"라고 하며 나의 배를 쓰다듬으시곤 했다. 내 배가 왜 그리 못난 건진 알 수 없지만 그러다보면 아픈 배가 다 나은 것 같아 벌떡 일어나 바깥에서 뛰어 놀던 기억이 있다. 어머니에 대한 믿음이 완전 회복이라는 기적을 만들어 주었다. 기도도 마찬 가지다. 하나님이 자기 말을 들어주실 것을 믿고 간절히 기도하면 그대로 이루어지기도 한다. 설령 잘 되어가는 과정에 있었다 해도 기도하는 사람은 하나님이 도우셨다고 굳게 믿는다. 운동 경기에 서 실수로 상대편 선수에게 제압당하거나 퀴즈 대회에서 문제를 풀지 못해도 관중석에서 "괜찮아" 하는 소리를 종종 듣는다. 문제 를 대신 해결해 주지는 않아도 따뜻한 말 한마디로 듣는 사람은 용기를 얻어 큰일을 해낼 수 있다.

태어난 지 일 년도 되기 전에 소아마비를 앓고 두 다리를 못 쓰게 된 장애인이 있었다. 학교 친구들은 소외감을 느끼지 않게 그 아이가 앉아 있는 집 계단 앞에서 놀면서 고무줄놀이 심판이나 신발주머니를 맡기곤 했다. 어느 날 지나가던 깨엿 장수가 그 아 이에게 엿을 주었더니 아이가 겸연쩍어 하기에 그 장수는 웃으면 서 "괜찮아"라고 말했다. 그 아이는 그때 무엇이 괜찮다는 건지 몰랐지만 세상은 그런대로 살 만하다는 생각이 들었다고 한다. 그 '괜찮아'라는 말 한마디가 아이에게 용기를 주고 새롭게 시작 할 수 있는 힘이 되었다.

'괜찮아'라는 말은 '못해도 좋아' '틀려도 괜찮아'나 '잘 될 거야'

'미안해하지 마'라는 다양한 의미를 가진다. 이 말을 듣고 세상에 혼자가 아니라는 사실을 깨닫는다면 참으로 좋은 일이다. 예전 미국에 있을 때 제일 많이 듣던 말이 바로 '괜찮아'의 뜻을 가진 'That's OK.'이었다. 미국인들이 일상적인 대화에서 빈번하게 쓰는 용어 중의 하나다. 그 말을 하는 사람은 배려와 아량을 베풀어서 좋고 듣는 사람은 마음에 평안이 와서 좋다.

아흔 살이 넘은 할머니를 차에 태운 미국 뉴욕의 한 택시 기사 이야기다. 병이 들어 남은 생이 얼마 남지 않았다는 할머니의 말을 들은 기사는 할머니가 가보고 싶은 곳을 물어본 뒤 추억이 서린 시내 곳곳을 모시고 다녔다. 마침내 요양원에 도착하여 휠체어에 탄 할머니가 "요금이 얼마죠?" 하니 기사가 "0원이에요. 승객은 또 있으니까 괜찮아요."라고 대답했다. 헤어질 때 할머니는 자신의 마지막 여행을 행복하게 해줘서 고맙다고 눈시울을 붉혔고, 그 기사는 자신이 살면서 한 일 중에 가장 뜻 깊었다고 회상했다. 이처럼 의로운 마음에서 나온 선한 행동뿐 아니라 이 '괜찮다'는 생각과 '괜찮아요'라는 말 한마디가 자신은 물론 상대방에게도 무한한 위안을 준다.

우리도 힘겨운 삶을 살아가는 자신에게 "괜찮아, 다 잘 될 거야." 하며 어깨를 토닥인다면 자신감이 넘치는 일상을 보낼 수 있다. 플라세보는 약으로만 먹는 게 아니고 누가 제조해야만 되는 것도 아니다. 세상을 살다보면 사람들에게 상처를 주기도 하고 받기도 한다. 육체의 병에도 시달리지만 때로는 마음의 병이 더 심각할 때가 있다. 그러니 우리에게는 육신뿐 아니라 지친 마음도 치유해 주는 또 다른 플라세보가 절실하다. 이럴 땐 마음에서 우러나는 '괜찮아'라는 말 한마디야말로 몸과 마음을 치료해 주는 명약 중의 명약이다.

마중물

요즘 행정부나 정치권에서 '마중물'이라는 말을 종종 사용힌다. 정부 예산을 확보하는 명분이나 정책의 타당성을 설명하고 국민의 동의를 얻기 위해서다. 예를 들면 남북협력기금이 남북 간 경제협력을 위한 마중물이라는 논리이다.

마중물이란 원래 땅속에 있는 지하수를 끌어올리기 위해 펌프에 붓는 물을 말한다. 샘물을 '마중하러 가는 물'이라는 뜻이다.

어릴 적 할머니가 사시는 큰댁 마당에는 펌프가 있었다. 펌프에서 나오는 물은 늘 맑고 깨끗하여 주로 식수로 쓰였는데, 더운 여름날 등목을 하면 그리 시원할 수 없었다. 겨울 추위에 바닥이 얼어있으면 그 위에 더운 물을 붓기도 하고, 한동안 쓰지 않고 두었을 때는 물을 바가지째로 부어 펌프질을 여러 번 해야 물이 나왔다. 나는 하얀 물방울을 튀기며 콸콸 쏟아지는 모습이 신기하기도 했지만, 위에서 넣은 물이 어디로 갔는지 늘 궁금했다. 아무래도 지하수를 뿜어내고는 자신은 땅속에서 사라지거나 새로 나온 물에 섞여 흘러나오다가 바깥으로 버려지는 것 같았다. 완전한 자기희생의 실천자인 셈이다. 그리고 보니 정부나 정치권에서 사용하는 마중물이라는 용어는 본래의 의미를 다소 과장해서 사용하는 건 아닌가 싶다.

세상의 마중물이 되라는 교훈적인 말이 있다. 여행 중에 어느 가족이 가평 인근에서 마을에 버려진 펌프를 찾았다. 펌프에 펌프질을 하여 물이 나오는 모습에 신기해하는 어린 손자들에게 할아버지가 "애들아, 마중물 같은 사람이 되어라."고 말했다. 얼마나 순수한 바람인가. 마중물이 되려면 무엇보다 남을 배려하는 따뜻한 마음이 있어야 한다. 손자들이 그럴 수 있기를 할아버지는 간절히 소망했을 것이다. 부부의 경우도 이와 같다. 자신보다 배우자를 먼저 생각하는 것이 참 부부의 모습이다. 어느 연예인의 주검 앞에서 미망인이 조문객들을 향해 "아내에게 잘 하세요. 그러면 기쁨이 옵니다."라고 했다. 남편에게 얼마나 한이 되었으면 그런 말을 했을까.

마음이 닫혀있는 사람이 자신의 아픈 감정을 위로하거나 공감해 주면 가슴속 응어리를 스스로 풀어내는 것을 흔히 볼 수 있다. 때로는 뜨거운 눈물을 흘리거나 속마음을 털어 놓는다. 상담사가 우울증 환자를 치료할 때도 이런 방법이 적용된다. 이럴 때는 위로와 공감이 일종의 마중물이 아닌가 싶다.

마중이 이루어지려면 마중하는 사람의 마음에 사랑이 있어야 한다. 마중이란 인간 사랑에 그 뿌리가 있다. 동구 밖에서 자식을 기다리는 어머니나 유명 인사를 환영하러 공항에 나간 팬들, 출근한 남편을 기다리는 신혼의 아내…. 그들의 기다림에는 사랑이 있기에 쉽게 지치거나 싫증을 내지 않는다. 자식을 만나 함께 집으로 들어오는 어머니의 얼굴에는 기쁨이 넘쳐 있고, 신혼의 아내는 기다리던 남편을 포옹하며 자기 사랑을 확인한다.

마중물은 때로는 낚시와도 같다. 낚시는 세월에 물음을 던져놓고 답을 건져 올리기 위해 기다리는 것이다. 그러기에 마중물은 '물음'이라 해도 맞지 싶다. 마중을 나가도 오고 안 오고는 상대방의 마음에 달렸다. 하지만 기다림에 지극 정성이 있다면 만남이라는 좋은 결과를 가져오기 마련이다.

물을 먹고 싶다면 마중물을 부어야 하듯 대접을 받고 싶으면 먼저 남을 대접해야 한다. 세상이 자기를 사랑하고 유익을 주기만 기다리기보다 자기 스스로가 세상을 향해 사랑과 도움을 주러 나서면 사람들이 다가와서 행복을 안긴다. 인간관계란 좋은 파트너를 '선택하는 것'이 아니라, 좋은 파트너가 '되는 것'이다. 우리가 주변 사람들에게 줄 수 있는 가장 값진 선물은 이력서에 써넣을 성과물이나 보기 좋은 상품 따위는 아닐 것이다. 우리의 행복한 모습이나 즐거운 표정이 진짜 선물이자 값진 보물이다.

마중물 역할 중에 어느 것보다 나서기 어렵고 남다른 용기가 필요한 게 있다. 우리 사회의 어두운 면을 들춰내 변화를 유도하고 바람직한 사회를 만드는 일이다. 어떤 때는 반대하는 집단의 방해 때문에 어려움이 있지만 인내와 끈기로 사회의 녹슨 펌프를 움직여 대중의 호응을 이끌어내기도 한다. 그들의 노력과 숭고한 정신이 있기에 우리 사회는 살만한 세상이 된다.

하지만 샘물이 마른 곳에는 마중물을 아무리 부어도 소용이 없다. 마중물이 제 구실을 하려면 땅속에 샘물이 넘쳐나야 한다. 우리 사회는 부조리가 만연하고 사회 곳곳에 병폐와 고장 난 곳이 많이 남아 있다. 무엇보다 정의를 우선하고 상식이 통하는 사회, 자신의 유익보다 이웃 사랑을 소중히 여기는 사회가 된다면 용기 있는 마중물은 곳곳에서 살아나리라. 남을 위한 희생정신과 나라 사랑이라는 따뜻한 샘물이 사회 저변에 흐르고 그것을 서로의 발전을 위해 공유하는 사회, 그런 사회는 아직 유토피아 같은 희망사항에 불과한 것일까.

오늘은 나도 세상의 마중물이 되고 싶어 내 마음의 작은 촛불 하나 밝힌다.

새해맞이

새해가 밝았다. 올해는 기해(己亥)년으로 흔히 '황금돼지해'라고들 한다. 한자로 '기(己)'자는 흙 기운을 가졌기에 색으로는 노란색을 띠기 때문이고, '해(亥)'자는 12지(支)의 동물 중 돼지에 해당한다.

연하 카드를 몇 장 받았다. 그 중 하나는 한지에 그림과 덕담을 담았는데, 눈이 덮인 평온한 시골 마을에 붉은 해가 둥실 떠 있고 까치 두 마리가 고요한 하늘에 잔물결을 일며 날고 있다. 다른 하나는 어미 돼지가 새끼 두 마리와 마주보며 웃고 있어 '포근한 사랑 가득한 행복'이라는 문구와 잘 어울린다. 새해 그림엽서를 보며 이렇듯 반갑고 신선함을 느끼는 건 참으로 오랜만이다.

세밑에 교통사고를 냈다. 뒤늦게 교차로를 지나다가 건너편에서 오던 승용차에 내 차 뒷부분이 부딪혔다. 성급함이 불러온 실수로 내가 저지른 사고를 보험회사가 모든 걸 책임지고 보살폈다. 감사하고 고마운 일이다. 이번 사고는 매사에 조심하라는 하늘의 경고다. 올 한 해 세상을 향해서는 지극히 신중하고 사람에게는 겸손하고 나 자신에게는 모든 일에 경계하는 마음을 다지는 계기로 삼는다.

새해가 되면 사람들은 지난해의 묵은 마음을 모두 내려놓고 희망과 포부로 새 날 맞을 채비를 한다. 나는 아침에 일어나니 기분이 새로워지고 얼굴 주름은 조금 더 깊어졌음을 느낀다. 창문을 열고 아침 해를 바라본다. 새해 처음으로 맞는 태양이다. 오늘 새벽 해돋이 때 수많은 사람들이 바다와 산을 찾아 소원을 빌었던 바로 그 태양이다. 의연한 모습은 예전과 다름없다. 해는 찬란한 빛을 내게 비치며 "힘을 내고 일어서라. 새롭게 나아가라."는 메시지가 준엄하다. 올해는 마음을 새롭게 하는 것을 제일의 과제로 삼고자 한다. 어떤 마음을 가져야 할 것인가.

새해 첫날은 고전연구가 조윤제가 지은 ≪다산의 마지막 공부≫를 완독하며 하루를 보냈다. 이 책은 다산 정약용 선생이 강진 유배생활 중에 심취한 ≪심경(心經)≫에 주를 달고 해석한 책이다. 다산은 고난의 시기에도 마음 수양을 거듭하고 공부에 전념하는 즐거움을 잊지 않았다. 그는 ≪심경밀험(心經密驗)≫의 책 머리글에서 "≪소학(小學)≫으로 외면을 다스리고 ≪심경≫으로 내면을 다진다면 거의 현인의 길에 이르지 않을까. 그러니 죽는 날까지 마음을 다스리는 일에 힘을 다하고자 한다."고 했다.

≪심경≫은 주자(朱子)의 제자였던 송나라 학자 진덕수(眞德秀)가 편찬한 책으로, 주로 사서삼경(四書三經)에서 말하는 '마음 지키기'에 중심을 두어 서술하였다. 세상의 이치는 마음먹기에 따라 모든 것이 달라질 수 있기에 ≪심경≫은 그 '마음'에 집중한다. 첫머리에는 '하늘의 뜻이 우리에게 있으니 두 마음을 품지 말라.'는 ≪시경(詩經)≫의 말을 인용하고 있다. 이는 '진인사대천명(盡人事待天命)'과도 통하는 것으로, 의로운 일을 하면 천명(天命)을 얻을 수 있으며, 이를 확신한다면 위기의 순간에도 담대하여 두려움이 없어진다는 의미이다.

그 다음은 신독(愼獨), 즉 혼자 있을 때 더욱 삼가라 한다. 자신을 돌아보아 잘못을 고치고 엄격함을 실천하면 스스로에게 부끄럽지 않고 당당한 마음을 가지게 된다. 군자는 하늘로부터 선한 본성을 받았기에 이를 회복하려고 끊임없이 노력해야 한다. 사람의 기본 도리인 인의예지(仁義禮智)를 실천하고 욕망을 절제하면서, 글을 쓰고 시를 감상하고 음악에 심취하여 마음을 다스리는데 힘써야 한다. 그러다보면 감성과 지성과 이성이 내면에서 조화를 이루고, 정심(正心) 즉 마음을 바르게 하여 수신(修身)에 이르게 된다. 이 경지에서는 남에게 덕을 베풀며 평안한 삶을 유지할 수 있다고 한다.

이 책은 마음을 다스리는 것이 걱정·근심·상처·분노로 가득한 험한 세상을 살아가는 데 얼마나 소중한지 깨닫게 한다. 무엇보다 '담대함'이라는 단어가 새해 아침의 화두가 되어 내 가슴을 친다. 공자는 천하를 주유하던 중 고향으로 돌아와 나이 칠십에 '종심소욕불유구(從心所慾不踰矩)' 즉 '마음 내키는 대로 행동해도 규범에 어긋남이 없다.'라 했다. 이 말도 ≪심경≫에서 일컫는 바와 같이 의로운 삶을 살고 선한 본성을 지킬 때 이룰 수 있는 것 아니겠는가. 이야말로 세상을 향해 담대함을 가진 군자의 참 모습이 아닐 수 없다. 이제 나도 칠십을 바라보는 나이에 공자가 회고한 '불유구(不踰矩)'의 수준에 도달하기 위해서는 무엇보다 마음 수양이 절실함을 깨닫는다.

옛 성현들의 가르침이 가슴에 와 닿는 걸 보니 이제야 나도 철이 드나 보다.

꽃을 품다

　호수가 꽃을 품었다.

　일산의 호수공원에 한바탕 꽃 잔치가 벌어졌다. 꽃 박람회장에
는 세상의 꽃들이 삼 년 만에 다시 모였다. 그 꽃들은 제각기 생애
가장 아름다운 포즈를 하고 있다. 제 모습을 마음껏 뽐내도 누구
하나 시샘하지 않는다. 아니, 다른 꽃을 탐하거나 시새우는 마음
이 있기에 더욱 예뻐 보이는 건지도 모른다.

　꽃은 혼자 피어 있기보다 교향악단처럼 한데 어울릴 때 더욱
화려하고 빛난다. 어떤 것은 천장에 매달려 있거나 줄을 타고 비
처럼 내려와 거울에 뒷모습을 보이는 것도 있다. 송이가 여럿 모
여 또 하나의 큰 꽃송이를 연출하기도 하고 화폭에 심어져 그림을
그려 보이기도 한다. 꽃 빛이 난만하여 바라볼 수조차 없는데,
송이마다 간직한 색의 사연들이 내 가슴에 알알이 맺힌다. 세상

물감들의 원조가 거기 다 모여 있어 꽃 잔치는 바로 색의 잔치요, 빛의 향연이다. 코알라가 자기가 좋아하는 나무의 색깔과 모양을 닮아가듯 꽃들도 자신이 품은 꿈과 삶의 의미에 가장 잘 어울리는 독특한 색을 만들어낸다.

꽃을 사랑하는 사람들이 꽃에 이름을 짓고 이야기를 실었다. 카네이션에는 '그린뷰티'라는 이름을 주었고, '드림심포니'와 '차밍스타' '시크릿핑크' '필드그린'은 국화의 색상과 모양을 보고 지은 별명들이다. '신비'라는 꽃말을 가진 거베라에게는 꾸민 모양에 따라 '핑크멜로디'라는 이름을 붙였고, 난초 곁 선반 위에 앉아 있는 블랑루즈라 불리는 선인장은 그들의 자태에 따라 '불빛'과 '연빛'이라 했다. 꽃들은 입학식 날 명찰 단 초등학생처럼 이름표를 가슴에 달고 환한 얼굴로 재잘거리며 서 있다.

'꽃 이름 불러 보기'는 꽃을 사랑하는 행위의 시작이다. 어느 시인은 "그의 이름을 불러 주었을 때 나에게로 와서 꽃이 되었다."고 했는데, 박람회장에는 꽃의 종류가 너무 많아 그 이름을 하나하나 불러줄 여유가 없다. 마주보는 꽃을 바라보노라면 그 곁에 있는 꽃이, 위에 달린 꽃을 부르다 보면 건너편 선반 위에 놓인 꽃이 방긋 웃는다.

박람회장을 감싸는 호수가 하늘처럼 푸른빛을 띠고 있는데, 호숫가의 야외 음악당에서 울리는 선율은 갖가지 꽃향기를 품고 하늘을 맴돈다. 연주자들은 자신에게 가장 잘 어울리는 꽃을 한 다

발씩 들고 와 꽃을 연주하고 있다. 무대 앞 계단에 앉아 있는 관중들 머리 위와 가슴속에도 꽃향기가 스며들고, 한 곡조 끝날 때마다 송이송이 몽우리가 져 어느덧 그들도 꽃이 되었다. 악기에서 흘러나오는 아름다운 선율이 갖가지 꽃들의 향기와 모양과 색깔을 표현한 거라는 생각이 나는 문득 들었다.

연주회가 무르익는 동안 하늘에 노을이 진다. 불꽃놀이 때 소리 없이 펼쳐지는 마지막 불꽃처럼 하루해가 저무는 저녁 하늘에 노을빛이 환하게 밝았다. 이제 하늘에도 꽃의 향연이 시작되려나 보다. 꽃들은 오늘의 행복한 추억을 구름이 내민 하얀 모시에다 꼭 짜서 주홍빛과 노란색으로 물들여 촉촉한 하늘 도화지에 그림을 그렸다.

호수도 노을빛을 닮았다. 저녁 하늘이 호수에 자기와 똑같은 모양의 노을을 그린 건지, 박람회에 핀 꽃들이 만든 물감이 풀어진 건지, 분간이 잘 가지 않는다. 하지만 호수가 꽃을 품은 것만은 분명하다. 쪽배가 호수 위로 잔물결을 일며 소리 없이 지나간다. 배는 석양을 배경으로 떠 있을 때 가장 아름답다. 노을을 바라보노라니 꽃에 물든 호수가 내 가슴에 가득 치오른다.

박람회장 바깥 광장에도 수많은 꽃들이 흐드러지게 피었다. 튤립은 화단에 심어져 갖가지 색을 하고, 금련화는 색동옷 갈아입은 새색시 모양으로 기둥에 소복이 매달려 있다. 하얀 찔레꽃은 너무나 하얘 애처로울 뿐인데, 장미는 그 옆에서 비단 옷으로 한껏 치장을 하고 있다. 아! 떠나는 게 아쉬워 뒤를 돌아보니 꽃들이 모두 앞 다투어 내게 손짓하며 작은 손을 흔들고 있는 게 아닌가.

그 순간 나도 한 송이 꽃이 되었다. 꽃을 닮아 꽃처럼 아름다운 향기를 가진 순결한 사람이 되었다. 내 이름은 무어라 불릴 것인가, 이제 그것이 궁금해진다.

'꽃을 품은 남자'라 불러 주면 참 좋을 듯싶다.

눈물 맛

"눈물 맛이네, 눈물 맛. 짠 눈물 맛."

거의 20년 간 백두산을 오르내린 한 사진작가가 천지에서 흘러
내리는 물을 작은 사발에 떠 마시며 한 말이다. 그 말에는 한탄도
담겼지만 눈물도 함께 서려 있었다.

중국 쪽으로 백두산을 찾을 때마다 작가는 애타는 마음만 남기
고 떠났다. 산을 내려오다 마주한 압록강은 여느 동네 개울물처럼
강폭이 좁아 건너고 싶은 마음 간절한데 그럴 수 없어 안타까워했
다. 내레이터는 그의 작품은 완성된 게 아니라 아직은 반쪽밖에
이루지 못했다고 위로한다. 그런데 다행히 요즘 그것이 현실이
될 수 있다는 희소식이 들린다. 최근에 남과 북의 정상들이 백두
산 천지를 배경으로 두 손을 꼭 잡았다. 한라에서 백두로 연결하
는 길을 열자고 약속했다. 머지않아 백두산을 중국이 아니라 우리

의 북녘 땅을 거쳐 올라갈 수 있을 듯하다. 그때가 되면 그 사진작
가는 또 한 번의 눈물을 흘릴 터이고 그 눈물에는 짠맛은 사라지
고 달콤한 철쭉향이 나지 싶다.

눈물은 깊은 고뇌의 결정체요, 숭고한 이상이 만들어 낸 열매
다. 순화된 감정의 소박한 표현이요, 단단한 이성이 용해된 결과
물이다. 모든 사람들은 나름대로 눈물을 품고 살지만 누구나 진정
한 눈물 맛을 깨달으며 살아가지는 않는다. 이러한 눈물은 삶에
굴곡이 있거나 세상을 깊이 관조할 수 있는 사람만이 누릴 수 있
는 특권이다.

지난 세월 내가 과연 그토록 고뇌에 찬 눈물을 흘린 적이 있던
가. 영혼을 울릴 정도의 아픔이나 기쁨과 감동의 순간이 나에게도
있었던가. 알베르 카뮈는 "눈물이 나도록 살아라."고 했는데, 나
는 언제 그런 눈물을 흘렸던가. 돌이켜보면 어린 시절 나는 마음
이 여린 탓에 눈물이 많은 편이었다. 아무 이유도 없이 울고 싶을
때가 있었다. 울다보면 우는 게 서러워 점점 더 구슬피 울었다.
그러다 '내가 뭐하고 있지?' 하며 잠시 생각하다가 아예 통곡을
하곤 했다. 그런 홍역을 한 번씩 치르고 나면 속이 후련하고 어른
스러워진 기분도 들었다. 가슴속에 있는 모든 것을 다 쏟아내서인
지, 울다가 땀이 나서 땀과 섞여서인지, 그때의 눈물은 분명 소금
맛이었다.

나는 정작 부모님이 돌아가셨을 때는 울지 않았다. 오랫동안

병중에 계셨기에 간호하고 문병하는 동안 눈물이 메말라 버렸다. 그런데 나이가 들면서 마음이 약해진 탓인지 눈물도 참 많아졌다. 부모와 자식 간의 애틋한 사랑이나 해후하는 모습에 눈시울이 뜨거워지고, 혼자 길을 걷다가도 문득 울고 싶을 때가 있다. 외출 후 텅 빈 집으로 돌아왔을 때나 기도원에서 기도 중에 통곡을 하고 싶은 충동을 느낀다. 나이가 많다고, 어른이 되었다고, 남자라고 울지 말라는 법이 세상에 어디 있단 말인가.

소리꾼 장사익 가객은 찔레꽃을 바라보며 "그 향기에 너무 슬퍼 밤새워 목 놓아 울었다."고 했다. 나에게도 밤새워 울 수 있는 그 무엇이 과연 있는가. 너무 많이 가져서 모든 것이 풍족하고 부족함이 없기에 간절함도 울음도 잃어가고 있는 것이 바로 현대인이 아닌가. 무엇이든 간절함이 있어야 눈물도 나는 법이다.

나는 지난 십여 년 동안 암으로 투병하고 있다. 입·퇴원이 거듭되면서 생사의 갈림길을 넘나들며 처절한 외로움에 몸부림쳤다. 아일랜드 속담에 흐르는 눈물은 괴로우나, 더욱 괴로운 것은 흐르지 않는 눈물이라 했다. 슬픔이 깊으면 눈물도 흐르지 않는다. 죽음이 슬픈 것은 죽음 그 자체기 슬픈 게 아니라 세상의 온갖 인연으로부터 돌이킬 수 없는 이별로 귀결되기에 슬픈 것이다.

내게 슬픔이 있다면 무슨 까닭일까. 질병의 고통을 겪는 것이 힘들고 억울해서인가. 이러다 죽으면 하고 싶을 일을 다 하지 못해서인가. 나를 사랑하는 사람들의 마음을 아프게 해서, 살면서 지은 죄를 다 씻지 못하고 갈 것 같아서일까. 무슨 이유든 슬퍼서 나는 눈물보다 기뻐서 흐르는 눈물이 나는 좋다. 모든 것에 감사하는 마음으로 자족하며 살면 눈물 날 일도 그리 많지 않을 듯싶다. 이제 병마를 거뜬히 이겨내어 지난날을 회상하며 치유와 회복의 기적을 만끽할 수 있기를 간절히 소망해 본다.

"눈물 흘린 기억이 아스라하다. 언제 날 잡아서 우리 같이 통곡 한번 하자."던 친구의 말이 생각난다. 통곡이라도 해서 슬픈 감정이 풀어지고 잠시나마 기쁨과 환희를 느낄 수 있다면 그것도 좋은 일이 아니겠는가.

기쁠 때 흐르는 눈물은 어떤 맛일까.

아우라지

정선의 아우라지에서 하룻밤을 지냈다.

밤하늘에 별들이 총총하다. 아리랑에 담긴 민초들의 세상 이야기가 하나씩 하늘로 올라가 밤을 새워 영롱한 빛을 비춘다. 구슬픈 곡조가 창공을 맴돌다 가까이서 혹은 멀리서 메아리가 되어 내 가슴을 울리고, 나는 별들이 품은 사연을 따라가다 새벽잠을 설쳤다.

내가 묵은 방에서 강여울이 빠끔히 내려다보인다. 저 강은 오래전 니룻배를 젓던 뱃사공들의 애환이 시린 곳이다. 그들은 해당화 피는 고을의 산수(山水)와 가족 간의 인연을 노래하며 세상 근심을 가사에 실어 강물에 흘려보냈다. 어떤 이들은 홍수로 강을 건너지 못한 동네 처녀가 건넛마을 총각을 그리워하며 부른 아라리를 목청껏 소리하였다.

아우라지 뱃사공아 날 좀 건네주게/ 싸리골 올동박이 다 떨어진다/
떨어진 동박은 낙엽에나 쌓이지/ 사시장철 임 그리워 난 못 살겠네 (…)

돌다리 끝에서 한 할아버지를 만났다. 송천이 어느 쪽인지 묻는
나그네의 물음에 입가에 싱긋한 주름을 지어 보이며 오른쪽 물줄
기를 가리킨다. 물살이 잔잔하고 맑아 푸른빛을 띤 채 기암절벽의
장관을 거울처럼 그려내고 있다. 구름다리로 향하는 소나무 숲 아
래에서 솔갈비를 수레에 한가득 싣고 가는 할머니도 만났다. 원래
는 강 건너편에 살다가 다리 너머로 이사 간 지 오십 년이란다.
사는 게 어떠냐고 여쭈니 반가운 듯 수줍은 듯 쪼그라든 미소를
지으며 도시로 간 아들 자랑으로 손등에 힘이 솟는다. 어쩌면 이
두 사람은 예전 아리랑에 나온 처녀 총각이 환생한 듯싶다. 양쪽
강둑에 서서 서로를 마주하고 있는 처녀상과 총각상에 새겨진 표
정이 그들의 젊었을 때 모습처럼 느껴진다.

이 고장 사람들이 처녀상이 바라보는 쪽으로 돌다리를 만들어
놓았는데 그곳을 지나는 물살은 소리도 제법 크다. 처녀 총각의
애타는 가슴이 우는 소리인가, 옛 사람들이 삶의 무게를 못 이겨
내는 애달픈 소리인가. 돌다리를 건너면서 나는 처녀상이 궁금하
여 자꾸만 뒤를 돌아본다. 언덕 위에 올라서니 전경이 한눈에 들
어온다. 대관령과 삼척 하장에서 발원한 두 물줄기가 이곳에 모여
거침없이 흐른다. 송천은 산을 휘돌아 유유히 흐르지만, 들을 가

로지르는 구슬천은 물살이 제법 세다. 아우라지는 높은 하늘 아래 굽이쳐 흐르는 강 위로 한없이 광활하니 이곳 사람들의 즐겁거나 슬픈 사연을 모두 품어 낼 수 있었으리라.

하지만 강물은 서로 어우러져 하나가 되었는데, 그곳에 살던 청춘 남녀는 어찌하여 서로 헤어져 만날 날을 애타게 기다려야만 했던가. 차라리 한 길 물줄기만 흘렀으면 뗏목을 띄울 수도 없고 홍수로 물이 넘치지도 않았으련만, 강물이 합쳐져 큰 강이 된 연유로 둘이 갈라져야 했다. 물은 한 곳으로 어울리는데 바로 그곳에서 이별의 슬픔이 있어야 할 건 무슨 조화란 말인가.

마음을 달래며 정선 시내에서 가까운 아라리촌에 들렀다. 거기에는 싸리나무 울타리 사이로 난 마을길을 따라 정선 아리랑이 쉼 없이 흘러나왔다.

우리 집의 서방님은 (…)/ (…) 지게 위에 엽전 석 냥 걸머지고/ 강릉 삼척에 소금 사러 가셨는데/ 백봉령 굽이굽이 부디 잘 다녀오세요

사랑인지 안방인지 난 몰랐더니/ 잠자리하고 보니 맨봉당이로다/ 봄철인지 갈철인지 나는 몰랐더니/ 뒷동산 도화춘절이 날 알려 주네

(…)/ 이내 몸이 웃는 뜻은 정들자는 뜻일새/ 우리야 연애는 솔방울 연앤지/ 바람만 간시랑 불어도 똑 떨어진다

아리랑 가사는 이별 외에도 부부 간의 애틋한 사랑을 묘사하거나 세월 흐르는 걸 꽃피는 모습에서 깨닫는 여유도 펼쳐 보인다. 남녀 간의 풋사랑도 재미나게 그렸다. 그처럼 세상을 휘돌아 내려온 강물과 더불어 수많은 사연이 쏟아져 나왔고, 사연이 가사가 되어 아리랑 곡조에 맞추어 긴 세월을 이어온 것이다.

어찌하여 여기 아우라지에서 아리랑이 나왔을까. 어떤 인연이 있어 이곳에서 걸출한 우리의 곡조가 생겨났더란 말인가. 그 청춘 남녀의 사랑 이야기가 너무나 애절하여 후세 사람들이 소리로 그들을 위로하려고 노래를 부른 건 아닐까. 아우라지에는 이별의 슬픔에 강도 물이 말랐다.

나는 어느덧 그 둘을 나룻배에 함께 태우고 바다가 바라보이는 남쪽을 향해 노를 젓는 뱃사공이 되어 있었다.

감자 심는 날

밀레의 작품 중에 〈감자 심는 사람들〉이라는 그림이 있다. 소한 마리가 바구니에 담긴 아기 곁을 지키고, 밭에서는 부부가 농사일을 하고 있다. 남편은 땅을 파고 아내는 감자를 심는다. 이그림을 보고 그 당시의 사람들은 '가난'을 떠올렸다고 한다. 그때감자는 동물 사료로 쓰였는데, 이 부부가 빵 대신 감자를 식탁에올리지 않았을까 하는 생각 때문이었다. 그런데 나는 이 그림에서비록 가난하지만 한 가정의 단란하고 행복한 모습이 보일 뿐이다.

내가 어린 시절, 시골 과수원 밭에서 기운 감자와 고구마를 광에 넣어두었다가 온 가족이 겨우내 꺼내 먹었다. 연탄불에 구워먹기도 하고 쌀이 귀한 탓에 감자로 끼니를 때울 때도 있었다.나는 감자를 무척 좋아했다. 삶은 감자 중에 크고 잘 생긴 놈을서너 개 골라 그릇에 담고 짓이겨 평평하게 하고는 숟가락으로 한 숟갈씩 떠서 먹는 맛이 일품이었다.

최근에 그 감자를 내가 직접 심었다. 그건 정말 행운이었다. 농부가 농사짓는 모습이 그리 보기 좋을 수 없었는데, 내게도 마침 기회가 온 것이었다. 내가 사는 동네에 은퇴자들로 구성된 사회봉사단이 있는데, 그 모임에 가입하고 얼마 지난 후 텃밭 가꾸기 행사에 참여하였다. 단원 중 한 분이 희사한 밭에서 감자와 고구마를 가꾸어서 교회나 자선단체에 기부하는 일이다. 텃밭은 비행장 건너편 산 중턱에 있는데, 예전에 자갈이 많아 버려진 땅을 일구어 제법 밭 모양을 갖추었다.

겨울을 지나며 황폐하고 단단해진 밭을 갈고 감자를 심었다. 삽과 곡괭이로 땅을 파서 고랑을 내고 흙을 올린 후 그 위에 거름을 얹고 흙과 섞어 봉긋하고 예쁜 이랑을 지었다. 씨감자를 준비했다. 종자상회에서 박스로 구입하여 크기에 따라 싹이 상하지 않게 등분을 한다. 거름을 묻은 이랑을 비닐로 씌운 후 윗부분에 구멍을 내어 씨감자를 하나씩 넣고 흙을 덮는다. 거기에 물을 주면 작업이 끝난다.

이랑 올리는 작업은 결코 쉬운 일이 아니었다. 톨스토이의 소설 〈안나 카레니나〉에서 풀베기를 하던 레빈의 무아지경까지는 이르지 못했지만 서투른 삽질로 허리가 뻐근하고 아픈지도 모른 채 고랑 사이를 헤집고 앞으로만 나아갔다. 시간이 얼마나 흘렀는지 의식하지 못하고 일에만 몰두했다. 간혹 허리를 펴고 곁에 있는 동료들의 얼굴을 바라보며 뿌듯한 웃음을 지은 게 전부였다. 시간은 어느덧 정오가 지나가고 있었다.

일을 하면서 요철의 원리를 배웠다. 비닐 아래의 흙을 파낸 자리 위에 판 흙을 덮으면 비닐이 고정되어 바람이 불거나 비가 와도 유실될 염려가 없다. 마음에 상처를 받더라도 위로하고 다독이면 허물어진 감정이 풀리고 관계가 도탑고 단단해지는 것과 같은 이치다. 그리고 연작(連作)을 피해야 한다. 올해 감자를 심으면 내년에는 그 자리에 고구마를 심는 원리다.

토양은 정직하다. 흙은 충분한 영양소를 만들어 작물을 키우는 데 자신의 모든 것을 바친다. 텃밭 가장자리에 판자로 된 울타리가 둘러쳐 있다. 그 아래에 호박 구덩이를 깊게 파고 거름을 듬뿍 주었다. 덩굴을 넓게 뻗으며 많은 열매를 맺으니 그 터가 되는 자리는 지원을 아끼지 말아야 한다. 감자 밭이 호박덩굴과 어우러져 풍족한 가을걷이를 기대할 만하다.

씨감자를 심은 지 스무날이 지났다. 드디어 감자 싹이 올라왔다. 감자 심은 다음날 비가 왔는데 그 덕에 씨감자가 힘차게 태동을 시작했나보다. 잎 모양이 억세 보이기는 하지만 올망졸망하니 앙증맞기는 다른 채소의 어린잎과 매한가지이다. 이제 줄기가 굵어지고 뿌리가 자리를 잡으면 투박한 흙 속에서 서로 엉키며 기운찬 생육으로 몸부림치리라. 때로는 자갈도 만나고 큰 바위도 마주치겠지만 온갖 장애를 이겨내며 성큼성큼 자랄 것이다.

감자가 주렁주렁 달리는 모습은 일상에서 얻은 작은 영감이 깊은 고뇌와 사유의 과정을 거쳐 주제 의식을 가진 한 편의 글을 완성하는 것과 닮았다. 흙이 거름과 하나 되어 작물을 더 잘 자라게 도와주는 건 작가의 체험을 소재에 대한 애정과 지혜의 자양분과 합할 때 좋은 글이 되는 것과 같은 이치이고, 거름을 준 이랑에 비닐을 덮는 건 글의 초안을 잡은 후 숙성시키는 과정과 같다. 작은 씨감자가 척박한 환경 속에서 알토란같은 감자를 키워내는 것 또한 작가 자신의 삶이 비록 메마르고 고단하여도 순수한 감성의 열매를 맺는 것과 견줄 만하다. 그러기에 감자 심는 일은 그 열매가 세상을 풍요롭게 하고 뭇사람의 기분을 넉넉하게 하기에 글쓰기만큼 숭고하다 아니할 수 없다.

　　오늘도 텃밭으로 가는 버스에 올랐다. 요즘은 밥을 먹지 않아도 배가 부르다.

02

보름달

보름달은
해와 달라 빛을 번쩍이며 뽐내지도 않고
눈이 부셔서 사람들이 외면하게 하지도 않는다.
수줍어하지 않고 부끄러움이 없어 무엇을 감추지도 않는다.
마치 엘이디 조명을 켠 도로변 간판처럼
자신을 안으로 비추어 있는 그대로의 모습을 세세히 보여준다.
그러기에 한참을 바라봐도 돌아서면 또 보고 싶어진다.
옛 시인은 한 달 서른 밤 중
보름달은 하루뿐이라며 달이 차면 기우는 이치를 빗대어
인생무상을 노래했다.
- 본문 중에서

매창을 그리다

세상에는 사랑을 소재로 하는 가요나 문학 작품이 참 많다. 그 중에 사랑하면서도 서로 만나지 못해 마냥 그리워하다 죽음을 맞는 사연은 듣는 이에게 안타까움을 준다. 그건 실제 일어난 일이기도 하고 작가의 상상력으로 창조되기도 하지만, 진실한 사랑이야기는 많은 사람들의 가슴을 울리고, 작품의 배경이 된 풍경이 궁금해지기도 한다.

북유럽의 노르웨이는 음악이 있고 사랑과 낭만이 넘치는 곳이다. 여행 중에 〈솔베이지의 노래〉의 무대이자 작곡가 그리그의 고향인 오타(Otta)를 들렀다. 양지바른 산자락의 작은 마을인데 그 앞으로 작은 개울이 송네 피오르를 향해 굽이쳐 지나간다. 깊은 산마루의 빙하가 녹은 맑은 물이 시내가 되었다. 내가 타고 가던 버스에서 흘러나오는 노래를 들으며 그걸 즐겨 부르던 대학 시절의 풋풋한 추억이 되살아난다. 이루지 못한 사랑의 상처를 가요로 승화시켰지만 곡조가 그윽하고 아름다워 들을수록 여운이 남는 곡이다.

겨울 지나고 봄 돌아오면 봄 돌아오면
그 여름이 시들어 세월 흐르네 세월 흐르네
그대 돌아오리 오리라 오리라 나의 그대여
나 기다리겠네 우리 약속했듯이 그대 기다리리 (중략)

이 노래는 그리그가 극작가인 입센의 부탁으로 작곡한 〈페르귄트〉 모음곡 중 일부에 해당하는 것으로, 서정적이고 슬픈 사연을 간직하고 있다. 가난한 농부 페르귄트는 아름다운 소녀 솔베이지와 사랑하여 결혼을 약속한 후 돈을 벌기 위해 집을 떠나고, 십여 년의 갖은 고생 끝에 지친 몸으로 고향에 돌아온다. 하지만 어머니가 살던 오두막집에는 사랑하는 솔베이지가 백발이 되어 혼자 페르귄트를 맞는다. 늙고 병든 페르귄트는 솔베이지의 무릎에 누워 조용히 눈을 감는데, 솔베이지도 꿈에 그리던 페르귄트를 안고 이 노래를 부르며 연인을 따라간다.

만남과 이별은 사랑의 진수(眞髓)다. 이별이 죽음 때문이라면 그 사랑은 더욱 애달프다. 노르웨이에 페르귄트와 솔베이지의 사랑이 있다면 우리나라에는 유희경과 매창의 사랑이 있다. 두 이야

기는 모두 기약 없는 기다림과 서로에 대한 그리움, 죽음으로 끝
나는 애잔함이 같고, 한 남자에 대한 여인의 절개와 가슴앓이가
시가 되어 음률로 표현된 게 또한 닮았다. 솔베이지의 노래가 매
창의 거문고 소리였고, 노래의 가사는 매창과 유희경이 사랑을
고백하며 나눈 시문(詩文)이었다.

조선시대에는 신분이 다른 남녀 간의 사랑은 금기로 여겼기에
이루어지지 못한 사랑이야기가 많이 있다. 그 중에 으뜸은 비록
천민 출신이지만 자신의 노력으로 양반의 반열에 오른 유희경과
시문에 능한 부안의 명기 매창의 사연이다. 지인의 부름으로 찾아
간 부안의 기방에서 유희경은 매창을 처음 본 순간 연정을 느꼈
다. 두 사람은 시를 짓고 풍류를 즐기며 사랑이 싹텄는데, 헤어진
후 한참 지나서야 변산 지역에서 재회의 기쁨을 나누었다. 하지만
예를 중시한 유희경은 기생을 첩으로 데려갈 수 없어 홀로 떠났
고, 그 후 그들은 다시는 만날 수 없었다. 한평생 부안을 떠나지
않은 매창은 고독과 질병에 시달리다 마흔도 안 된 젊은 나이에
세상을 떠났다. 유희경은 매창의 죽음을 안 후 망연자실하다 그
녀의 무덤 앞에서 오열했다고 전해진다.

해후 과정에서 서로에게 느낀 애틋한 감정은 다음의 시에서 엿
볼 수 있다. 두 번째 시는 매창의 유희경에 대한 그리움의 극치로
서, 시간적 배경은 비처럼 쏟아지는 오월의 배꽃이다.

그대의 집은 부안에 있고

나의 집은 서울에 있어,

그리움 사무쳐도 서로 못 보고

오동나무에 비 뿌릴 제 애가 끊겨라

　　　　　　　－유희경, 〈매창을 생각하며〉

이화우 흩뿌릴 제 울며 잡고 이별한 님

추풍낙엽에 저도 날 생각는가

천리에 외로운 꿈만 오락가락 하노매

　　　　　　　－매창 이계랑, 〈이화우 흩뿌릴 제〉

　사랑은 보고파 하는 그리움이요 애타는 기다림이다. 진정한 사
랑은 그리움이 있기에 기다릴 수 있고 다시 만난다는 희망이 있어
아름답다. 하지만 이야기 주인공들의 인연은 죽음밖에 떼어낼 수
없기에 슬픈 것이다.

　이번 봄에는 부안 매창공원에 있는 매창의 무덤을 찾을까 한다.
거기에 시비(詩碑)도 있다 하니 매창을 기리고 유희경과의 사랑을
추모하기에 적당하리라. 시는 전해오지만 임을 그리던 매창의 거
문고 소리는 세상에 남아 있지 않으니 어떤 곡조였을지 더욱 궁금
해진다.

날개

바다는 갈매기의 고향이다. 바다는 갈매기의 집이고 놀이터다. 해변은 그들의 쉼터이고, 하늘은 날갯짓을 하며 자유를 누리는 그들만의 세계이다.

강원도 양양의 남애항에서 한 떼의 갈매기를 만났다. 바닷물이 적시고 간 모래사장 끝자락에서 한가로이 노닐고 있었다. 거의 서른 마리는 됨직했다. 가까이 다가가도 가만히 있다. 사람들이 헤치지 않는 걸 알기 때문이다. 뜻밖에 선물을 받은 듯 반가운 마음에 나는 급히 카메라를 들이댔다.

갈매기가 서 있는 모습은 머리를 땋아 올린 소녀처럼 깜찍하다. 모두가 바다 쪽을 향하고 있는데 간혹 육지를 바라보는 무리도 있다. 깡충깡충 뛰놀기도 하고 발을 돋우며 물을 차기도 한다. 하얀 가슴은 회색빛 깃털로 감싸고 꽁지는 검정색 바탕에 하얀

털로 장식했다. 생김새가 모두 똑 같다. 크기도 같고 몸놀림도 같고 눈동자도 같다. 아침나절에 어디를 날아갔다 왔을까. 가까운 바다를 다녀와서 잠시 숨을 고르는 것 같다. 한 줄로 나란히 걸어가는 모습도 앙증맞다. 팔도 없는데 좌우로 흔들리지 않고 가냘픈 두 다리로 잘도 걷는다.

파도가 밀려오니 그 중 한 마리가 푸드덕거리며 날개를 편다. 그를 따라 주변의 갈매기 여러 마리가 함께 오른다. 누가 먼저랄 것 없이 파도가 몰려오는 바다 쪽으로 머리를 틀었다.

드디어 비상이다. 가벼운 날갯짓으로 공기를 가르고 바람을 타면서 낮은 자세로 활강을 한다. 여러 마리가 함께 편대를 이루었다. 소리 하나 내지 않으니 무언의 소통이 이루어지는 순간이다. 날개를 꺾은 채 너울거리다 파도를 넘으며 활짝 폈다. 조금 전 모래 위에 얌전히 있을 때와는 완전히 다른 모습이다. 작은 몸매인데 어디에 그토록 길고 날렵한 날개를 숨겨 두었을까. 내가 쳐다보며 사진을 찍는다고, 아니면 다른 갈매기와 경연을 하려고 그러는가. 우아한 맵시가 탐이 날 지경이다. 날아가는 의도에 따라 날개를 펼친 모양도 제각각이다. 혼자서 비행하는 갈매기는 깃을 세우고 먼 바다를 향하고 있는데, 다른 갈매기와 동무 되어 날아가는 것들은 날개를 펄럭이며 해변을 떠나질 않는다. 먹이를 발견하여 해면으로 내려올 때면 두 다리를 펴고 주둥이를 길게 내민 채 독수리 눈매를 하고 있다.

갈매기는 혼자서 나는 것도 좋지만 여러 마리가 떼를 지어 같은 방향으로 날아가는 모습이 더 보기 좋다. 내가 서 있는 옆 방향으로 날아갈 때는 가슴과 깃털 아랫부분을 보이는 까닭에 하얀색의 포근함을 주고, 먼 바다를 향할 때는 날개를 마음껏 펼치고 뒷모습을 보이기에 검은색 날개에 각진 정도가 크고 우람하다. 갈매기의 몸통은 작고 가벼운 데 날개는 폭이 좁고 길이가 유난히 길다. 바다 위를 나는 시간이 많기에 비행기처럼 장거리 여행에 적합한 모양새를 가졌다.

갈매기 사진을 친구에게 몇 장 보내 주었더니 자기는 지금 울릉도에 와 있는데, 거기에도 갈매기가 많이 날아다닌다고 했다. 그러면서 "혹시 이곳 갈매기가 남애항에서 날아온 게 아닐까?" 한다. "아마 그럴 거야." 하고 나는 답했다.

몇 해 전 진해의 우도에 간 적이 있다. 육지와 섬을 잇는 연륙교 건너편에 파랑 노랑 주황 분홍의 형형색색으로 치장한 집들이 옹기종기 모여 있었다. 다리가 없던 시절에는 쪽배를 타고 건넜겠지만 육지와 가까우니 저 너머 섬들의 선망이었을 터이다. 마을 끝자락에서 이곳에 사는 할아버지를 만났다. 예전에는 예순 가구가 있었는데 지금은 모두 객지로 떠나고 열 가구만 산단다. 행복하시냐고 물으니 "사는 게 다 그렇지 뭐."라 한다. 거기서도 갈매기를 여럿 보았다. 잔잔한 바닷바람을 타고 섬마을 주변을 멋지게 비행하고 있었다. 갈매기는 그곳 주민들에게 바다를 동경하고 늘 도전하는 마음을 갖게 하는 고마운 존재이리라.

갈매기의 날개는 바라볼수록 아름답다. 날개가 예쁘기에 갈매기는 거기에 걸맞은 비행 기술을 배웠지 싶다. 문득 리차드 바크의 소설 ≪갈매기의 꿈≫에 나오는 조나단 리빙스턴이 떠오른다. 이곳 남애항의 갈매기도 조나단처럼 먹이를 쫓기보다 더 높고 더 멀리 나는 꿈을 이루려고 하늘을 날고 있으리라. 행복하고 값진 삶을 살기 위해 평범한 삶을 거부한 조나단의 모습을 이들에게서 본다.

하늘 높이 날아오르는 갈매기 떼를 상상하면 나도 두 어깨에 날개를 달고 그들과 함께 창공을 날아가는 착각에 빠진다.

혼자 걷는 길

설악산의 오색 주전골에 겨울비가 내린다.

간밤에 호텔 발코니에서 하늘을 맞았다. 강원도 산간에 대설경보가 내렸기에 함박눈이 오기를 은근히 기대했다. 누가 밤하늘에 파스텔로 그림을 그려놓았나. 달빛은 구름 속에 잠겨 희읍스름하고, 산은 부드러운 곡선 아래로 검회색을 띠고 희멀건 하늘과 대조를 이루었다. 분명 뭐가 오긴 올 모양이었다.

비가 오는 산행 길은 혼자이기에 자유롭다. 한참을 올라가도 사람 하나 볼 수 없다. 깊은 산이 온통 나만을 위해 길을 내 주었다. 나는 움직이는 한 점이 되어 장엄한 파노라마 속으로 깊숙이 들어간다. 작은 가슴 떨림이 한줄기 바람 타고 길을 따라 흐른다. 어렴풋한 내 그림자가 개울가 바위 위에 그려진다. 나도 자연의 한 부분이 되는 순간이다.

주전골에는 잿빛 하늘과 안개구름을 배경으로 수많은 수채화로 거대한 화실을 꾸며 놓았다. 출발 때는 비보다 눈이었으면 싶었지만 산에 오를수록 비가 오는 게 다행이라는 생각이 든다. 우산 위로 떨어지는 빗소리가 개울물 소리와 어울려 내 가슴에 촉촉이 스며든다. 나뭇가지마다 빗방울이 송이송이 맺혀 떨어질 줄 모른다. 꽃봉오리가 오를 때까지 기다리다 자리를 내주려는 건가. 으스름한 햇빛에 반사되어 반짝이는 모습이 영롱하기 그지없다. 얼음 밑으로 녹수(綠水)가 새 길을 내며 졸졸 흘러간다. 깊은 겨울 산에도 봄이 오려나 보다.

계곡을 따라 걷다 보니 우뚝 솟은 바위가 홀연히 나타난 나그네를 반긴다. 독주암이다. 산 정상에 한사람 앉을 자리가 있다고 해서 붙여진 이름이다. 바위 군데군데 이끼 낀 것이 거친 풍파를 이겨낸 훈장 같다. 선녀탕이 발아래에 가지런히 누워있다. 누가 선녀들 옷가지를 훔칠까 싶어 우람한 바위가 주름을 잔뜩 잡으며 곁을 지키고 서 있는 듯하다. 물이 흐르다 고이고 또 흐르다 고인 형상은 물소리가 선녀의 단꿈을 깨울까봐 조심스러운 까닭인가. 산을 오르며 숨이 가빠오지만 내 가슴이 뛰는 건 자연의 신비에서 얻은 감동 때문이다.

주전골은 계곡이 깊고 웅장하여 어느 곳이든 한 장의 사진에 담을 수 없다. 바위의 절경을 찍다보면 먼 산의 위용을 담지 못하고, 그걸 넣으려면 아래 계곡을 함께 담지 못한다. 그래서 나는 사진을 자꾸만 찍고 또 찍는다. 뭉텅한 바위가 길 쪽으로 삐죽 나와 있다. 바위의 왼편 중앙에 손가락처럼 생긴 돌을 내밀고 내게 엄지척을 해 보인다. 내가 최고라니, 자연을 사랑하는 내 마음이 대견한가 보다. 생각지도 않게 횡재를 만났다.

이곳 오색의 주전골은 절경 너머로 곳곳에 허리와 발목이 꺾인 나무가 널려있고 바위에도 금이 가거나 긁힌 자국이 많이 보인다. 낙석이 길섶에까지 굴러 내려왔고 어떤 바위는 벼랑에 간신히 붙어 떨어지지 않으려고 안간힘을 쓰고 있다. 아름다운 자연의 처절한 뒷모습이다. 계곡 위로 난 길 옆에 아름드리나무가 뿌리째 뽑혀 엎드려 있다. 잔뿌리들이 굵은 뿌리와 함께 잘려나가고 투박한 돌멩이와 흙이 덩이째 박혀있다. 뿌리는 어두운 땅속에서 그들과 한 몸 되어 평생을 살면서 생육의 고통을 거뜬히 이겨냈다. 그런 이유로 끝까지 감추고 싶었던 비밀스러운 곳이 아니던가. 사람도 죽으면 모든 게 드러나는 법이니 어느 누구나 부끄러움이 없는 삶을 살아야 한다.

깊은 계곡 사이에 걸린 출렁다리를 지나면 용소폭포에 이른다. 추위에 힘이 겨워 폭포수는 약하지만 그 아래 고인 연못은 천년을 이어온 자연의 소리와 기상을 품고 청정의 진녹색을 띠고 있다. 물결이 쉬지 않고 흔들린다. 그 모양이 생선 비늘 같기도 하고 파도치는 모습을 유화용 물감으로 덧칠해 놓은 것도 같다. 위에서 내려다보니 연못이 조롱박 모양이다. 물이 넘치면 아래로 흘려보내기 위함인가. 그러니 이곳 주전골은 사시사철 물이 마르지 않는 것이리라. 인간 세상도 한 시대에 걸출한 인재가 있으면 온 사회가 아름답고 풍요해지는 것과 같은 이치다.

폭포 위에서 나처럼 혼자 가는 사람을 만났다. "비가 오니 산행하기 더 좋아요. 땀도 안 나고…." 그러고 보니 이때까지 어렵지 않은 산행을 했다. 아직 비가 내린다. 내리는 비는 병풍같이 펼쳐진 바위와 거기서 자라는 소나무를 지나 왔으리라. 위에서 바라본 모습은 어땠을까. 폭포 아래 공터에 그루터기 대여섯 개가 옹기종기 모여 있다. 무슨 이야기를 나누고 있을까. 이런 게 궁금해지는 건 산행에 여유가 있어서일 것이다.

하산 길에 들고 다니던 우산의 살 하나가 부러졌다. 세상에 공짜는 없나보다. 좋은 경치를 그것도 혼자서 값없이 구경하나 싶었다. 빗길을 조심했는데 결국은 바위 계단에 미끄러지면서 우산을 짚다가 생겨난 일이다. 빗물이나 눈이 흘러내리는 걸 받쳐주니 오히려 좋아졌다고 위안해본다. 부러진 우산은 오색 산행의 흔적이고 추억이 되었다.

계곡 아래 평평한 바위 위에 작은 돌탑 하나 올렸다. 거기에 이곳을 다시 찾고 싶은 소망을 고이 담았다.

여명(黎明)

1

어슴새벽에 잠에서 깼다. 창가에는 어느새 환하고 따뜻한 기운
이 감돌고, 방안에 있는 물건들이 어둠 속에서 서서히 자신을 드
러낸다. 어떤 것은 수줍은 듯 뒤로 물러나려 하고, 또 어떤 것은
기다렸다는 듯 앞다투어 나오려 한다.

여명(黎明)이다. 누워서 잠시 상념에 잠겨본다. 밤이 깊었을 때
는 이 세상에 한없는 어둠만 있을 거라는 느낌이 들지만, 여명이
시작되면 세상이 금세 밝아 온다. 인생도 이와 같지 않은가. 디딜
끝이 보이지 않을 만큼 고통 중에 있더라도 이를 인내하고 극복하
면 새 날이 이리 떼처럼 순식간에 다가오는 것이다.

여명은 시험을 잘 치른 수험생처럼 내일의 희망을 가진 사람에
게는 기다렸던 순간이다. 하지만 바라지 않는 일이 예정되어 있거

나 불면으로 잠을 설친 사람에게는 한숨의 시간이다. 조금 지나면 일터로 나가야 하는데 발길이 쉬이 떨어지지 않는다. 그들은 차라리 날이 밝지 않기를 바라는 마음도 있으리라.

여명은 처절한 몸부림이다. 밤의 장막을 걷어내기 위해 무던히 애를 썼다. 정적을 깨트리고 태초의 소리로 다시 시작하기 위함이다. 세상을 깨우려고 닭 울음소리도 한 몫 한다. 여명은 혼돈의 시작이다. 온갖 지혜가 꿈틀거리고 어둠 속에 숨어있던 탐욕이 다시 살아난다. 삶의 현장에서 경쟁자에 대한 증오와 질시가 눈을 부라리고, 양보와 인내와 사랑이 따뜻한 기운으로 세상을 감싸기도 한다.

하지만 우리의 삶에 여명의 순간이 없다면 어찌될 것인가. 고통을 넘어설 수 없고 밝은 깨우침이 없고 희망찬 오늘을 맞이할 수도 없다. 여명은 칠흑 같은 밤을 지나야 시작된다. 밤을 넘기는 인내와 고통을 참아내지 못하면 새벽의 어스름한 빛 한 가닥도 만날 수 없다. 그러기에 여명은 필연적인 것이고, 여명을 기다리는 것은 모든 생명체의 염원이요 숙명과 같다.

2

글벗 한 분이 시 한 수를 보내왔다. 봄을 맞아 산을 오르다 벚나무에 갓 피어난 꽃망울 모습에 가슴이 벅차올라 지은 거란다.

봄은 그냥 오지 않는다/ 검은 고목 사이로 피거나/ 환희로 가득 찬
산고(産苦) 속에 태어난다/ 다시 시작하는/ 적멸(寂滅)

– 정병선, 〈부활(復活)〉

나는 이 시를 읽고 그분에게 문자를 날렸다.

"시 구절 중에 '환희로 가득 찬 산고'의 의미가 투병 중인 나에게
도 통할 수 있을까요?"

그분에게서 바로 답이 왔다.

"물론이지요. 모든 생명 현상인 생로병사(生老病死)에 수반하는
고통은 역설적이지만 부활과 환희의 기운을 머금고 있다고 생각
해요."

"아, 그렇군요. 새로운 진리를 발견하여 무척 기쁩니다."

"문제를 제기하셔서 저도 깨달은 바가 큽니다."

"네. 기독교 신앙적인 해석도 가능할 듯싶네요! 예수님의 부활
도 십자가의 고난 뒤에 이루어진 것이지요."

"정곡(正鵠)입니다."

밴드에서 그 문우는 다시 한 번 글을 올렸다.

"자연을 보고 감응함은 차이가 없나 봅니다. 소생이 이 글을 올
리니 한 문우께서 예수의 부활이 '환희로 가득 찬 산고'의 좋은
예표라 화답했어요. 깊은 신앙심에서 우러난 통찰력입니다."

나는 이에 답을 했다.

"투병 중에 희망을 가질 수 있는 말씀이라 제가 감사할 따름이지요. 산고 끝에 이룬 아기의 탄생, 겨울을 지낸 목초들의 소생, 암 투병을 견뎌낸 완치의 기쁨…. 이 모든 것이 밤이 지난 후의 여명처럼 고통과 고난 속에서 얻을 수 있는 환희와 부활의 기운으로 통할 수 있는 것이겠지요."

"그렇습니다. 물극필반(物極必反)의 이치와 같다고나 할까요."

"물극필반, 그건 무슨 뜻인가요?"

"모든 사물(事物)이 극(極)에 달하면 반드시 반전(反轉)된다는 뜻입니다. 주역 계사전(繫辭傳)에 나오는 평범하지만 소중한 말씀입니다. 범인(凡人)에게 역경을 견디는 힘을 주지요."

"고맙습니다. 마음에 새기겠습니다."

"좁은 소견으로 요설(饒舌)을 늘어놓은 것 같아 송구합니다."

모처럼 나도 새로운 깨달음을 얻어 온종일 행복했다.

자작나무 숲길에서

가을이 깊어가는 휴일 아침, 강원도 인제의 달맞이산에 있는 자작자무 숲을 찾았다. 산길을 따라 한참을 올라가다 숲이 시작되는 나무 계단 너머로 마중 나온 자작나무 한 그루를 만났다.

나무가 옷을 입었다. 적갈색 피부가 부끄러워 비단 같은 모시적삼을 겹겹으로 둘렀다. 머리에서 목으로 내려와 양 어깨와 가슴, 허리와 다리로 해서 발목까지 온몸을 하얀 천으로 감쌌다. 겉에 윤기가 나 자꾸만 만지고 싶어진다. 그런데 아무리 봐도 속옷이다. 껍질이 쉽게 벗겨지고 속껍질도 연약하고 보드랍다. 가을까지는 견딜 만하겠지만 다가오는 겨울을 맞으려면 예쁜 겉옷 한 벌쯤은 걸쳐 입어도 됨직하다. 흰색을 좋아하니 하얀 모시로 만든 두루마기가 어떨까 싶다.

숲에는 수십만 그루의 나무들이 한결같은 모습으로 빽빽이 들어차 있다. 온몸이 햇빛에 반사되어 밝게 빛나고, 하얀 줄기는 하늘로 치솟는다. 허리와 목이 꼿꼿한 이유는 태양에 닿기 위한 간절함 때문일까, 하늘을 떠받들고 구름을 붙잡기 위함인가. 마치 발레리나들이 까치발을 하고 한쪽 팔을 정상을 향해 수직으로 치켜올린 포즈를 연상케 한다. 지금처럼 초연한 모습을 하기 위해 수많은 가지를 떨어내는 모진 고통도 참아냈다. 누구에게 보이거나 남보다 더 나아지려는 생각은 추호도 없다. 오랜 세월 간직한 자신의 정체성을 지키기 위한 일념뿐이다.

자작나무는 다른 색으로 물들지 않는다. 계절이 바뀌어도, 눈비가 오고 천둥 번개가 쳐도 동요하지 않는다. 온몸에 흰 옷을 두른 채 초록의 여름도 보내고 울긋불긋 단풍든 가을도 지내고 눈이 많은 하얀 겨울도 그렇게 난다. 사람들이 지어준 '숲속의 여왕'으로서 품위를 지키려는 건가. 눈이 많은 북쪽 지방에서 눈에 반사되는 햇빛이 싫어 그랬다지만 여기는 한겨울에만 눈이 올 뿐이다. 그러니 이젠 하얀 옷을 벗고 예쁜 빛깔로 치장해도 되련만 자신의 모습을 그대로 간직하고 싶은 건 그들의 고결한 자존심 때문이리라.

하얀색이 그렇게 아름다운 빛깔인지 몰랐다. 화가들이 만든 어떤 색이 그들보다 순결하며 세상의 어떤 나무가 그런 색을 흉내라도 낼 수 있겠는가. 황홀한 천연색 단풍도 자작나무의 순수함을 이겨내지 못할 것이다. 숲은 나도 모르는 사이에 세파에 오염된

내 마음을 정결케 하고 숭고한 이상을 갖게 한다. 그들 앞에서 내가 무엇을 자랑하고 또 무엇을 부끄러워하겠는가. 기쁨, 슬픔, 사랑, 미움, 욕심, 환희, 시기, 질투와 같은 오욕칠정에도 자유로워져 평화와 안식만이 내 마음과 영혼을 충만케 한다.

가을에는 주변의 나뭇잎 소리와 가지 사이를 날아다니는 새들이 동무되어 심심치 않았다. 이제 겨울이 와서 새들이 떠나고 간간히 불어오는 가을바람도 멈추면 청청한 고독 속에서 긴긴 밤을 지새워야 한다. 하지만 그들은 계절의 변화에 조금도 흔들리지 않고 오직 산·바람·계곡·하늘·구름과 햇빛을 친구삼아 지냈다. 그들에게 추운 겨울을 염려하는 건 한낱 약자 앞에서 으스대는 인간 본성의 발로요 스스로의 연약함을 숨기려는 소치다.

내가 글쓰기를 좋아하지만 자작나무의 숭고한 자태를 어찌 글로 다 표현할 수 있겠는가. 말없이 바라보며 그들의 삶을 느끼고 즐길 뿐이다. 이것이 나의 자연 감상법이다. 이곳에 있는 시간만이라도 세상 근심 모두 잊고 그들과 동화되는 기쁨을 누리고 싶다. 내 마음을 온통 흰색으로 물들여 눈과 귀를 막고 피부의 감촉과 입맛, 후각 따위의 오감을 닫아 나무처럼 하늘만 바라보며 무념무상의 경지에 이르고 싶다면 이것도 욕심이라 할 것인가.

자작나무 숲은 새벽이슬 머금은 때와 햇살이 비치는 아침이 다르고 해가 넘어갈 때 그림자 지는 모습이 또한 다르다. 밤이 되기 직전에는 스산한 기운이 감돌고 달 밝은 밤이면 달빛에 반사되어 그 아름다움이 더한다. 갑자기 그림을 그리고 싶어졌다. 그림의 배경은 무슨 색으로 할까. 내 마음이 고요하니 파란색으로 할까, 아니면 하얀색 나무가 돋보이게 붉은 비단 색을 두를까. 봄이나 여름의 자작나무를 그린다면 배경으로 초록색이 좋을 듯싶고, 단풍든 가을이라면 붉은색이나 갈색도 무방할 것이다.

　나무 의자에 가만히 앉아 귀를 기울인다. 바람에 흔들리는 나뭇잎 소리가 맑고 경쾌하다. 나를 반겨 손뼉을 치는 건가. 자작나무 꽃말이 '당신을 기다렸어요.'니 나도 기다렸을 게 분명하다. 그럼 왜 이제 왔냐고 한마디쯤은 했지 싶다. 속삭이듯 말을 해서 그 소리가 바람결을 따라 건너편 숲속으로 날아가 버렸기에 내가 듣지 못했을 뿐이다.

　그 숲이 다시 그립다. 마음만 먹으면 언제든 달려갈 수 있지만 거기 그대로 있다는 것만으로도 내겐 큰 위안이 아닐 수 없다.

기도

　나에게도 간절한 소망이 있다. 그건 지난 생의 결과이기도 하고 삶에 찌든 영혼의 그림자일 수도 있다. 기도원으로 가는 길은 개울가 좁은 길을 따라 한참을 올라가야 한다. 반겨 주는 이 없어도 마음만은 더없이 가볍고 즐겁다.

　성전은 기도하는 사람들로 가득하다. 기도는 밤늦도록 이어지고 모두가 자리에서 떠날 줄 모른다. 지금 일어나면 하나님이 구원의 손길을 그만 거둘지 모른다는 절박함 때문일까. 불 꺼진 성전에는 십자가의 불빛이 또렷한데 강대상 아래 수많은 사람들이 목사의 안수 기도를 받으러 꿇어앉거나 엎드려 있다. 장중한 선율은 방안을 가득 메우고, 하나 둘 떠난 자리에 남은 사람들은 기도 속에 깊이 잠겨 있다. 목사의 기도 소리가 성전에 우렁차니 내 가슴도 함께 뛴다. 그들은 하나님이 함께 계심을 믿으며 그 믿음을 통해 세상살이에서 얻은 온갖 상처가 회복되기를 바라고 또 원한다. 내가 받는 삶의 고통이 이들만 할까. 말기 암을 앓으며 한 가닥 희망을 가지거나 불치병을 극복하려고, 사랑의 배신감과 가난을 이겨내려고, 사업의 회생과 시험 합격 그리고 가정에 화목의 기적을 바라는 사람들…. 그들은 자신들의 고통을 이겨내는 것보다 가족의 건강과 자녀나 부모의 행복을 먼저 구한다.

기도는 자기희생에서 오는 기쁨을 찾기 위한 소망이다. 그들을 바라보며 나는 과연 얼마나 진실하고 절박한 기도를 하고 있는가, 나의 믿음의 깊이를 성찰한다. 성전 한 귀퉁이를 차지하고 순결한 마음으로 기도에 열중하고 있지만, 마음의 조그만 상처에도 힘들어하고 하찮은 욕심을 이겨내지 못해 몸부림치던 과거의 나 자신이 부끄러울 뿐이다. 그럼에도 나는 그들과 함께 위로받고 있었다. 어느 누구도 버리지 않는 하나님의 사랑이 있어 그곳은 생명과 부활의 자리요 회복과 치유의 시간임이 분명하다.

이제 어둠이 걷히면 새벽이 오겠지만 그치지 않는 기도 소리는 점점 뜨거워진다. 십자가를 감싸고 있는 작은 조각들은 세상의 수많은 영혼들이 각자의 십자가를 지고 하늘로 승천하는 모습처럼 보인다. 십자가는 나를 내려다보며 "너의 소원이 이루어지기를 원하느냐."고 물으시는 것 같다.

문득 내 주변의 광경이 눈에 들어왔다. 이불을 덮고 긴 의자에 누워 밤을 지새우는 사람도 있고, 어떤 이들은 고개를 숙인 채 어둠의 군상처럼 하염없이 앉아 있다. 서로의 가슴과 등을 어루만지는 가족들의 기도는 더욱 애절하다. 하나님을 믿으면 하늘나라에서 영원히 살 수 있다고 하지만 그런 건 미래의 막연한 소망일 뿐, 지금 그들에게 닥친 삶의 문제를 해결하는 게 무엇보다 절실하다. 어떤 고난이 이들을 이토록 고달프게 하고 있는가. 각자의 소망이야 서로 다르겠지만 하나님은 분명 자신들의 고통을 치유해 주리라 굳게 믿는다. 밤이 새도록 지치지 않는 가련한 영혼들을 하나님은 위로해 주시고, 그들은 마침내 뜨거운 축복 속에서 행복한 새벽을 맞을 것이다.

기도하는 사람의 반은 젊은 여성들이다. 어느 목사가 말했듯이 요즘은 젊은이들이 고민이 더 많다더니 과연 그랬다. 그들의 기도는 무엇을 구하는 것일까. 모두가 하나 혹은 그 이상의 고민을 안고 살면서 혼자서는 감당하기 어려워 이곳을 찾은 것이다. 이 순간만큼은 그것이 끝까지 매달려야 하는 삶의 전부이리라.

새벽 기도를 마치고 성전 문을 나서며 나는 가까운 겨울 산을 오른다. 입춘이 불러온 소리인가. 얼음 사이로 흐르는 물소리가 게으른 자들의 아침잠을 깨운다. 크고 작은 바위가 세월 따라 산기슭으로 흘러 내렸다. 자연도 인간들처럼 스스로의 고통에서 자유로워지고 싶은 것일까.

이제 붉은 해가 떠오르고 오전 예배가 시작된다. 마음을 새롭게 가다듬고 다시 성전으로 향하는데, 때마침 새 두 마리가 나뭇가지

에 올라 앉아 나를 반긴다. 그들은 이제 서로를 위로하며 먼 산을
넘어 창공을 훨훨 날아오를 것이다.

보름달

정월 대보름이다. 정작 음력 보름날에는 비가 왔다. 하늘이 잔뜩 흐려 달은 구름에 가린 채 밤을 지새웠다. 이틀이 지나서야 보름달이 동녘 하늘에 둥실 떠올랐다. 자신의 모습을 단장하여 세상을 비추려고 맑은 날을 기다렸을까. 그 사이에 주황빛 달무리 속에서 발갛게 물이 들었다. 크고 옹골차니 지나가던 바람도 잠잠히 숨을 죽인다.

나는 해보다 달을 더 좋아한다. 그 중에도 보름달이 제일 좋다. 아무런 모자람도 없고 자신감이 넘치기에 홀로 외로운 초승달이나 연약해 보이는 그믐달보다 낫다. 오늘처럼 개울가를 산책하노라면 보름달은 초승달이나 그믐달처럼 멀리서 머뭇거리거나 흐느적대지 않고 씩씩 웃으며 성큼성큼 다가온다. 보름달은 해와 달라 빛을 번쩍이며 뽐내지도 않고 눈이 부셔서 사람들이 외면하게 하지도 않는다. 수줍어하지 않고 부끄러움이 없어 무엇을 감추지도 않는다. 마치 엘이디 조명을 켠 도로변 간판처럼 자신을 안으로 비추어 있는 그대로의 모습을 세세히 보여준다. 그러기에 한참을 바라봐도 돌아서면 또 보고 싶어진다. 옛 시인은 한 달 서른 밤 중 보름달은 하루뿐이라며 달이 차면 기우는 이치를 빗대어 인생 무상을 노래했다. 하지만 나는 거침없이 환하고 둥근 지금의 모습만으로 흡족하고 즐거운 마음 금할 길 없다. 나의 빈 마음을 꼭 차게도 하고 마음씨 좋은 동네 백반 집 아주머니 모습을 연상할 수 있어 마냥 좋은 것이다.

해마다 칠월이면 내가 즐겨 다니던 산기슭에 달맞이꽃이 피었다. 그 꽃은 으스름한 초승달이나 그믐달이 떴을 때는 못 이기는 척하고 꽃잎을 살짝 벌려도 괜찮았지만 휘영청 보름달이 중천에 떠 있을 때는 조롱박처럼 생긴 노란 꽃잎을 활짝 열지 않고는 못 견뎠을 터이다.

예로부터 사람들은 정월 대보름을 큰 축제일로 여겼다. 설날이 지나고 첫 번째 보름달이 뜨는 대보름날까지 세배를 하고 덕담을 나누고 풍년을 기원하며 모두가 새해 준비에 분주했다. 이 날이 한 해를 새 출발하는 첫날인 셈이다. 달도 자신의 완전하고 가장 멋진 모습을 보여준다. 온 세상이 자기처럼 마음과 정성을 다해 새 마음으로 시작하라는 무언의 표시다. 사람들이 달을 쳐다보며 새해 소망을 비는 것도 그와 한마음이기 때문이리라.

내가 어릴 때 대보름날 동산 위에 뜬 달은 지금보다 훨씬 크고 무거워 보였다. 누가 밑에서 손바닥으로 받치고 있다고 믿었다. 나는 고향집 마당 감나무 아래에 땅을 파서 잔 나뭇가지를 걸쳐놓고 불을 피웠다. 형들과 함께 그 앞에 나란히 서서 달을 보고 절을 했다. 공부 잘 하게 해달라고, 친구들과 실컷 놀게 해달라고, 철사줄로 날을 한 썰매를 오래도록 타게 해달라고 빌었다. 밤이 깊어가면 동네 공터에는 쥐불놀이가 벌어졌다. 깡통에 구멍을 내고 그 안에 불씨를 받아 휘휘 돌렸다. 처음에는 불씨가 떨어져 겁도 났다. 작은 팔로 돌리면서 반지 같은 붉은 원을 허공에 그리다보면 그 안에 보름달이 하나씩 만들어졌다. 보름달은 해마다 늘 같은 자리에서 나를 지켜주었고, 내 마음도 풍성하고 여유로운 보름달을 닮아 가고 있었다. 그때는 둥글고 밝은 달처럼 모든 일이 잘될 거라 믿었다. 하지만 달도 차면 기울듯 정월이 지나고 달이 넘어갈수록 새해 기분은 어느새 잊혀지곤 했다.

나에게는 보름달 같은 사람이 한 분 있다. 중학교 시절 나의 국어선생님인데, 내게 고전을 가르치고 문학에 눈을 뜨게 하셨다. 그분은 오래 전부터 백혈병으로 투병 중이었디. 내기 등단하여 수필을 쓰게 된 이후 내 글을 즐겨 읽으며 칭찬과 격려를 아끼지 않았다. 투병기를 출간해서 선물로 보내드린 나의 책을 정독하고 나서 어렵게 전화를 하셨다. "나도 병중에 글도 쓰고 책을 내며 열심히 살고 있는데, 자네 모습이 나와 꼭 닮은 데가 있어 보기

참 좋네." 하며 공감해 주셨다. 그 후에도 문예지에 내 글이 실리기만 하면 제일 먼저 읽어보고는 감상문을 적어 보내셨다. 그러던 어느 날 나는 그의 아들로부터 부고장을 받았다. 선생님께서 내게 남긴 마지막 말은 "계속 통증이 떠나질 않네."라는 것이었다. 제자에게 그런 말씀까지 하다니 고통이 얼마나 크셨을까. 요즘도 그 선생님은 보름달처럼 함박웃음을 지으며 나를 바라보고 계실 것이다.

오늘은 저 멀리 광활한 하늘이 보이는 학교 운동장까지 산책을 하며 보름달과 더 오래 있고 싶다.

03

작은 행복

좋은 말에는 향기가 있다.

좋은 말은 내용과 의도에 따라

장미꽃처럼 달콤한 향이 나기도 하고,

수선화처럼 은은한 향기를 품기도 한다.

그 나름의 품위가 있어 오랫동안 여운을 남긴다.

만나면 기분이 좋아지는 사람이 있다.

그런 사람에게는 늘 따르는 친구들이 많다.

그는 말을 할 때

자기중심에서 자기가 하고 싶은 말을 하는 게 아니라

상대방의 말에 경청하고 상대방의 입장에서 말을 한다.

상대방이 잘한 것과 좋은 점을 내세워 의욕을 북돋우고,

때로는 고민을 해결하는 데 도움 되는 말도 해 준다.

– 본문 중에서

발트의 길

　북유럽 발트 연안의 리투아니아 시골 도시인 샤울레이 교외에는 십자가 언덕이 있다. 아픈 딸의 회복을 바라는 아버지가 이곳에 처음으로 십자가를 세웠다는 설도 있지만, 조국의 독립을 위해 희생된 군인들의 넋을 기리려는 뜻으로 시작되었다는 이야기가 전해온다. 이곳에는 세계 각국에서 온 여행자들이 하루에 수천 개의 십자가를 꽂으며 각자의 소원을 빈다고 한다.

　발트 3국을 여행 중이던 우리 일행이 그곳에 도착했을 때는 초여름이라 꽤 무더웠다. 예수님의 십지가상이 중앙 광장에 우뚝 솟아 있고, 그 뒤로 제법 큰길과 여러 갈래의 샛길을 따라 양쪽으로 크고 작은 십자가들이 빼곡히 들어차 있었다. 어떤 곳은 십자가 위에 걸쳐 있기도 하고 심어둔 십자가 그늘 아래에 조그만 십자가들이 모여 있기도 했다. 언덕에 적당한 자리가 없어 그 아래

들판에도 새 터가 조성된 지 오래다. 언덕 정상에 올라서니 눈시울이 뜨거워져 더 이상 걸을 수도 없었다. 십자가를 심은 뜻이 각자의 소망을 이루고자 함인가, 오직 하나님을 사모하고 찬양하기 위함인가. 그들의 소원이 너무나 간절하여 나는 오로지 경건한 마음으로 하나님께 기도하고 경배할 따름이다.

한때 지역 주민들이 십자가 수를 세는 작업을 시도해 보았지만 그 숫자가 워낙 많아 중도에 포기하였다고 한다. 대략 백만 개는 될 거라 짐작만할 뿐이다. 그처럼 십자가 언덕에는 리투아니아 민족의 꺼지지 않는 저항 의식과 민족정신이 늘어나는 십자가와 함께 지금도 살아 숨 쉬고 있다.

리투아니아는 에스토니아와 라트비아와 함께 발트 3국을 구성하는데, 우리에게 잘 알려진 〈백만 송이 장미〉의 원곡은 그 이웃나라인 라트비아에서 나온 것이다. 구소련의 강압적 통제 속에서 독립된 나라를 꿈꾸며 지어진 곡으로, 원곡의 제목은 〈마리냐가 준 소녀의 인생〉이다. 가사는 민족을 지키는 신(神) 마리냐가 소녀에게 지혜는 주었지만 해방된 조국 땅에서 살아가는 진정한 행복을 얻는 방법은 가르치지 못했다는 내용이다. 구소련에 대한 라트비아 민족의 저항 의식을 대표하는 곡인 셈이다. 이 노래는 한 지방 도시의 노래자랑 대회에서 중년의 여인과 어린 소녀가 듀엣으로 불러서 세상에 처음 알려진 곡인데, 애절한 곡조의 노래 소리는 지금도 나의 심금을 울리곤 한다.

그런데 1989년 이곳 발트 국가에서 전 세계인들의 가슴을 뭉클하게 한 노래혁명(singing revolution)이 일어났다. 거의 600여km의 도로에 총 200여만 명의 3국 국민들은 인간 띠를 잇고 노래를 부르며 독립을 외쳤다. 이 세기적인 사건은 대다수 국민들의 호응을 얻은 점에서 우리나라의 3·1운동과 흡사하다. 세상은 이를 '발트의 길'이라 칭하기도 했다.

노래혁명은 에스토니아의 대학도시인 타르투에서 태동하였다. 시민들은 장롱 속에 깊이 숨겨 둔 국기를 꺼내 들고 거리로 쏟아져 나왔다. 학교 앞 광장의 팝 뮤직 페스티벌에 참가한 군중들이 밴드 연주에 맞추어 두 팔을 벌려 손을 맞잡고 노래를 부르기 시작했다. 거기에는 젊은이들 뿐 아니라 나이든 사람들과 부모를 따라온 어린아이도 한몫했다. 제목은 〈나는 에스토니아 사람이고 영원히 그럴 것이다〉이었는데, 혁명의 무기는 총칼이 아닌 평화적인 노래였던 것이다. 지금 생각하면 이것이 버스킹(busking)의 원조가 아닌가 싶다.

여행길에 타르투 대학을 방문했다. 노벨상 수상자를 여럿 배출하고 대성당의 유적이 있는 유서 깊은 곳이다. 그 대학 정문 앞 광장 중앙에 나는 한참 서 있었다. 그 당시 광장을 가득 메운 사람들의 하늘을 울린 외침이 메아리가 되어 내 귓전을 맴돈다.

타르투 광장 공연의 대대적인 호응에 힘입어 지역 주민들은 이를 독립운동의 성격인 노래혁명으로 이어가자는 결정을 하게 된다. 마침내 이 계획은 에스토니아의 수도인 탈린을 비롯하여 다른 도시로 전파되었고 라트비아와 리투아니아에까지 확대되었다. 행사의 내용은 3개 국가의 수도를 지나는 도로를 인간 띠로 잇고 다 함께 노래를 부르는 것이었다.

처음에는 그 계획이 성사되기 어려울 거라 예상하여 거리 곳곳에 차량과 방송 장비로 서로를 연결하기로 했다. 하지만 시간이 지날수록 예상보다 훨씬 많은 사람들이 수십 또는 수백 킬로미터를 걷거나 차를 타고 '발트의 길'로 모여들었다. 결국 행사 당일에는 상상할 수 없는 일이 벌어졌다. 거리 전체를 손에 손을 잡은 사람들로 이어갈 수 있었다. 대회는 성공적이었다. 모든 참여자들은 독립을 위한 강렬한 의지로 소리 높여 노래를 불렀다.

일어설 수 있는 힘을 우리에게 주는/ 분리될 수 없는 띠를 위하여/ 길 위에 나란히 서 있습니다/ 일어나라 발트 국가여/ 일어나라 발트 국가여 (중략)

이 행사가 개최된 다음해인 1990년 개혁 개방 정책의 소용돌이 속에서 구소련이 붕괴되자 발트 3국은 1991년에 완전 독립을 선언하였다. 그 당시 이 혁명에 동참하는 의미에서 우리나라에도 서울역에서 판문점까지 통일을 염원하는 인간 띠 행사를 한 적 있다.

며칠 뒤 나는 단체 관광객들과 함께 노래혁명이 일어난 그 도로를 버스로 달렸다. 길은 한적한 편도 1차선이었다. 길 양편으로 숲이 우거졌거나 들판이 끝없이 펼쳐져 있었고 잘 정돈된 마을도 보였다. 이 길을 따라 수많은 군중들이 손에 손을 잡고 독립을 염원하며 노래를 합창한 것이다. 도로 위에는 그때 그 사람들의 간절한 노래 소리가 지금도 들리는 듯하다.

지금 이 시대에 노래혁명이 우리에게 주는 시사점은 무엇인가. 최근 한반도에는 평화 분위기 조성과 통일이 최대의 화두가 되어 있다. 시기와 방법에 대한 우려의 목소리도 있다. 무엇을 바라던지 여론이 하나 되어 온 국민이 같은 방향을 지향할 때 상상할 수 없는 힘이 생긴다. 당시 구소련 정부는 발트 국가의 통일된 힘 앞에서 무력을 행사하지 않았다. 지역을 관할하던 군사령관도 행사를 방관하면서 묵시적 지지를 보여주었다고 한다.

발트 3국은 독립된 지 불과 30년도 지나지 않았지만 국민소득이나 경제 수준으로 보아 중진국 이상의 위상을 향유하고 있다. 그 원동력은 과연 무엇일까. 단합된 국론과 온 국민들의 가슴속에 자리 잡은 나라 사랑이 아니겠는가.

외갓집 풍경

경북 예천의 금당실 마을은 내 어머니의 친정집이 있는 곳이다. 친정집은 마을 입구 첫 집으로, 잘 정돈된 세 갈래 길이 만나는 곳에 있어 방문객의 눈에 잘 띈다. 그 집에는 '덕을 지닌 용'이라는 뜻을 가진 '덕용재(德龍齋)'라는 택호가 붙어 있다.

집 대문에 들어서니 오른편 담 쪽에 있는 향나무가 나를 반긴다. 수령이 100년은 됨직하니 집채보다 더 크고 가지와 잎이 무성하여 예전의 풍요롭던 집안 분위기에 걸맞다. 지금은 다른 성씨 집안에서 매입하여 살고 있는데, 허허로이 넓은 마당에 진돗개만 한가롭게 집을 지키고 있다.

초가집 한 채가 대문을 대신하여 앞에 섰고, 마당 너머로는 기와집이 미음(ㅁ) 자를 하고 있다. 집은 문설주와 대청마루에 세월이 검게 내려앉았고 지붕 위에는 푸른 이끼가 자욱하다. 처마 끝

아래의 땅에 빗방울 떨어진 자국이 선명하고, 부엌 앞 작은 마당에는 따뜻한 기운이 감돈다. 안으로 들어서니 안채에서 어머니가 나를 반기며 달려 나오실 것만 같다. '니가 이 집에도 다 와보고. 어서 들어온나.' 그러시는 소리가 귓전에 맴돈다. 사랑방에서는 근엄하고 자그마한 외조부님이 나와서 나를 맞아주시려나 싶다. 외조부는 어릴 때 나의 고향집에서 몇 차례 뵌 적이 있는데, 어머니가 극진히 모시며 정성스레 큰절을 올리는 모습이 눈에 선하다. 이곳은 어머니의 향수가 깊이 서려 있지만 나에게는 어머니에 대한 그리움이 사무치는 곳이다.

그 집은 근래까지 장남인 큰외삼촌이 외조부를 모시고 살았다. 큰외삼촌은 젊어서 작은 외숙모를 소실로 두셨는데, 자식이 많은데다 모두 한 집에 같이 살면서 갈등이 깊어져 집이 조용할 날이 없었다고 한다. 친정집이 편치 못하니 어머니도 마음 졸이는 세월이 참으로 길었다. 늘 한숨과 걱정으로 원망도 많으셨다. 어머니가 친정 소식에 가슴앓이를 하는 건 그만큼 부모와 형제들 간에 사랑이 지극하신 까닭이 아니겠는가.

내가 찾은 금당실 미울은 따뜻한 햇살에 구름도 쉬어 가는 한가로운 오후였다. 이 마을은 정감록에 나오는 십승지지(十勝之地)의 하나답게 고즈넉하고 평화롭기 그지없다. 마을 뒤로는 병풍처럼 산이 둘러쳐 있고 앞으로는 회룡포로 가는 금곡천이 유유히 흐른다. 오수를 즐기다 나그네 발자국 소리에 마을 전체가 잠에서 부

스스 깨어난 모양새다. 집 앞에서 동네 이장님을 만났다. 그분은 이 마을 뿐 아니라 외갓집 내력도 훤하다. 큰외삼촌이 하시던 묘목 사업이 어려워지자 가세가 기울어 외조부님이 돌아가신 후 집을 팔고 타지로 이사 갔다고 전한다.

마을 곳곳에는 말라버린 담쟁이와 장미 넝쿨이 담을 타오르다 지쳐 턱을 괸 채 엎드려 있고, 어느 대갓집 앞뜰에는 빨간 산수유 열매가 대롱대롱 달려 있다. 황토 길은 정갈하여 지나가는 사람들의 발자국 소리도 나지 않고, 돌담은 길을 따라 낮게 드리워져 자그마한 어머니 모습이 연상되어 살갑기 그지없다. 근심 걱정이 끊이지 않아도 마음이 평온하여 말이 없으시던 어머니의 모습이 이곳에 투영되어 있다. 주어진 환경을 받아들이고 순종하는 삶의 태도를 어머니는 이곳 금당실에서 배운 것이리라.

이 마을은 200가구가 넘는 기와집이 즐비한데다 집 모양이 서로 비슷하고 담장도 닮고 골목길이 깊어 한 번 들어가면 쉽게 돌아오기 어렵다. 어머니의 삶 또한 이 마을길을 닮지 않았을까. 여유롭지 못한 살림살이가 힘들었지만 슬기롭게 인내하며 스스로의 지혜로 극복하셨다. 가정사가 늘 실타래같이 얽히기 쉬워도 하나씩 풀어가며 어려운 일을 잘도 해 내셨다. 작은 몸으로 거인의 역할을 하신 것이다.

금당실 건너편 산을 돌아가면 '맛질'이라는 마을이 나온다. 그 마을은 어머니가 태어나고 자란 곳이다. 어머니가 출가하고 난 뒤

외갓집은 금당실로 이사 갔으니 어머니는 친정에 일이 있으면 줄곧 금당실로 내왕하셨다. 비록 생가는 허물어지고 터만 남았지만 지금도 마을 앞으로 넓은 평야가 펼쳐져 있고 기와집들이 정갈하게 앉아 있다. '금당과 맛질을 합하면 서울과 흡사하다'는 말이 있을 만큼 두 마을을 이으면 근사한 옛 도회지를 이룬다. 그러니 어머니의 친정집을 세상에 내놓고 자랑할 만하지 않겠는가.

금당실 마을 어귀에서 구슬픈 아리랑과 즐거운 농요 소리가 이어진다. 이 고장에는 예로부터 소리꾼이 많았다. "노세 노세 갱마쿵쿵 노세….""아리랑 아리랑 아라리요 아리랑 고개로 넘어간다 세상천지 못할 짓은 남의 집 종살이…." 어머니는 일을 할 때나 음식을 장만할 때 흥얼거리시곤 하던 특유의 곡조가 있었다. 이제 보니 그 노래가 맛질과 금당실에서 익힌 건 아닐까 싶다.

어머니의 구슬픈 노래 소리가 친정집 안채에서 낭랑히 새어 나오는 것 같다. 가던 길을 멈추고 잠시 귀를 기울인다. 나는 이 집을 떠나지 못하고 앞마당에서 한참을 서성이고 있다.

가시

시인 박성우가 쓴 〈가시〉라는 시에는 어느 부녀간에 대화하는 내용이 나온다.

요건 찔레고 조건 아카시아야/ 잘 봐, 꽃은 예쁘지만 가시가 있지?/ 아빠 근데, 찔레랑 아카시아는 이름에도 가시가 있는 것 같아.

그 소녀도 시인의 마음을 가진 게 틀림없다. 식물에 있는 가시는 자신을 보호하기 위해 생겼다고 흔히들 말한다. 하지만 척박한 환경에서 예쁜 꽃을 피우기 위해 고난과 아픔을 견뎌낸 표징이자 결실로 나는 여기고 싶다. 비록 생김새는 보잘 것 없지만 그들은 가시를 자랑스럽게 내보이며 그들만의 독특한 향기를 은은하게 풍긴다.

사람들은 누구나 크고 작은 가시를 안고 산다. 가시는 몸에도 있지만 마음에도 있다. 몸에 있는 상처와 질병이라는 가시는 치료하면 나을 수 있지만, 마음을 아프게 하는 가시는 스스로 짊어져야 하기에 쉽게 아물지도 않고 힘에 겨울 때가 있다.

그 가시로 일생을 고통 속에서 지내기도 하고 이를 극복해서 성공한 삶을 살아가는 사람도 있다. 성경에 나오는 사도 바울은 몸에 있는 질병이 가시가 되어 평생 동안 자신을 괴롭혔다. 하지만 위대한 신학자로서 복음을 체계적으로 정리하고 자신의 목숨까지 바쳐가며 먼 이국땅에 복음을 전파하였다. 그에게 어찌 육체의 가시뿐이었겠는가. 마음고생도 이루 말할 수 없었을 것이다. 그럼에도 그는 고난 덕분에 자만하지 않는 겸손을 배웠고 가시가 있음을 오히려 기뻐하며 자랑하였다. 이 모든 것이 하나님의 은혜임을 깨닫고, 강할 때보다 약할 때 하나님의 능력이 더한다고 고백했다. "내게는 아무런 힘도 능력도 가진 것도 없습니다. 주님이 나의 힘이 되어 주세요."라고 기도할 때 하나님이 도와주셨다. 가시가 가져다준 고난이 진정으로 감사하게 하는 비결이었다.

…그러므로 도리어 크게 기뻐함으로 나의 여러 약한 것들에 대하여 자랑하리니… 내가 그리스도를 위하여 약한 것들과 능욕과 궁핍과 박해와 곤고를 기뻐하노니 이는 내가 약한 그 때에 강함이라

−〈고린도후서〉 12장 9~10절

가까이 있으면 찔려서 아프고 헤어지면 외로워서 아픈 게 우리네 인생이다. 보리는 자신을 밟아주는 자를 고마워한다. 자신을 더 단단하고 강하게 만들기 때문이다. 남이 나를 밟을 때 '왜 나를 밟는 거야?'라며 원망하기보다 '나를 밟아줘서 고마워. 애쓰네, 나를 성숙하게 하는구나.'라고 생각한다. 가시도 가진 자의 반응에 따라 독이 되기도 하고 덕이 될 수도 있다.

가족은 더없이 소중하지만 때로는 짐이 되기도 한다. 내려놓고 싶다고 예사롭게 놓아지지도 않는다. 가슴속에 깊이 박혀 빼내기도 쉽지 않고 그렇다고 무시하기도 어려운 가시와 같은 존재일 수도 있다. 하지만 가족과 자식은 등에 업으면 힘들고 무거워도 가슴으로 안으면 가볍고 사랑스러워진다.

교회에서 자폐증 자녀를 둔 어머니를 만났다. 나이만큼 자라지 못해 저학년에 다니는데, 바깥에 나가고 싶어하지만 위험하여 늘 따라다닌다고 한다. 그런데 그 어머니에게서 슬픈 기색이 전혀 보이지 않는다. 해맑은 얼굴에 표정이 무척 밝다. 자식의 모자람이 오히려 사랑과 기쁨의 대상이 되어 있었다. 이만큼 성장해주어 대견스럽고 감사하다고 했다. 하지만 자식을 키우면서 어머니의 가슴이 얼마나 아팠을까. 처음에는 왜 이런 고난을 주시냐고 하나님을 원망하며 탄식으로 밤잠을 설쳤을지도 모른다. 그날 나는 그녀의 얼굴에서 연단을 견뎌낸 초연함의 표상을 보았다.

나도 오래된 육신의 질병을 가지고 있다. 마음에도 갖가지 상처를 안고 산다. 어떤 것은 기억 속에 사무쳐 있기도 하고 금방 잊히는 것도 있다. 하지만 과연 나는 그 어머니와 같이 고난에도 진정 감사하는 마음을 가지고 있는가. 사도 바울처럼 삶에서 얻은 가시를 가슴에 품어 온전히 녹여버릴 만큼의 뜨거운 사랑이 진정 내게도 있는가.

작은 행복

　요즘은 며칠 째 출근하는 작은아들 배웅을 나간다. 회사가 집에서 좀 멀리 떨어져 있어 지하철까지 차로 데려다준다. 헤어질 때는 누가 먼저랄 것 없이 서로 손을 흔들고 있다. 잘 다녀오겠다고 허리를 굽실한다. 자식 출근길에 작은 도움이라도 되어 마냥 즐겁기만 하다.

　방송에서 피그말리온 효과에 대해 설명을 하는데, 이는 어릴 때 훈육의 중요성에 대한 이야기다. 어디 교육뿐이겠는가. 어떤 사람에 대한 기대가 있으면 그 기대가 그를 위한 성장의 밑거름이 된다는 의미이다. 나를 돌아본다. 지난날 나는 아들에게 무슨 기대를 가지고 어떻게 대해 왔던가. 기대는 고사하고 회사 일이 바쁘다고 모든 육아는 아내에게 맡겼다. 그에게 아버지란 어떤 존재였을까. 그저 저녁에 잠깐 만나는 집안의 어른, 주말에 놀이동산에 가고 휴가 때 여행지로 데려다주는 대리 기사 같은 존재, 그렇게 그때그때의 필요나 채워주는 사람은 아니었을까. 모자라는 정을 나누어주는 다정한 아버지는 아니었던 것 같다. 출근하는 아들의 뒷모습에 미안하고 고마운 마음을 따라 보낸다.

집으로 돌아와 보니 정원의 감나무에 달린 감이 탐스럽게 열렸다. 까치가 벌써 다니러왔다. 새들이 지저귀는 소리가 아침이라 더 활기차다. 자기들끼리 주고받는 소리가 서로 엉키지만 모두 알아듣는 것 같다. 무슨 말을 하는 걸까. 아직은 감을 따먹지 말라고, 자기들 차례는 사람들 다 따먹고 남기면 그때 먹는 거라고 하는 걸까. 그들의 날갯짓에 흔들리던 나뭇잎이 내 머리 위로 우수수 떨어진다. 그리고 보니 까치와 참새들이 어우러져 타잔놀이 하듯이 나무 저 나무로 날아다닌다. 새들의 작은 몸짓에도 행복이 깃들어 있다.

나무 아래에 낙엽이 수북이 쌓여있다. 마당을 쓰는 경비원과 인사를 나누었다. "낙엽이 쉬지 않고 떨어지니 쌓이고 나서 간간이 쓸어도 될 텐데요." "그래도 매일매일 쓸어야 해요." 경비원은 빗자루를 잠시 세우고 내게 씽긋 웃어 보인다. 오늘은 아침부터 작은 행복을 자꾸만 느끼는 걸 봐서 좋은 일이 생길 것 같다. 삶은 순간이 모여 이루어지는 것이니 순간이 행복하면 내 삶이 행복해진다. 자연스러우면 어떻고 인위적이면 또 어떤가. 행복해지고 싶고 행복한 생각을 하며 사는 것 자체가 행복한 일 아닌가.

나는 얼마 전부터 은퇴 공직자를 위한 교육 강사로 전국을 다니고 있다. 그들에게 나는 '이제는 행복을 위하여'라는 말로 강의를 시작한다. 그들은 지금까지 오직 가족과 고객과 소속된 기관에 헌신하며 자신의 성공을 위해 애써 왔다. 삶의 가치와 목적에 대한 고민보다 삶을 유지하는 일에 매어 살았으니 이제부터는 자신의 행복을 위해 돈과 시간을 투자하라고 나는 강조한다. 사람을 진정으로 사랑하고 자연의 아름다움을 즐기면서 낭만적인 삶을 살라고 한다. 교육이 끝나고 돌아가는 그들의 얼굴에 흐뭇한 미소가 엿보였다.

플라톤은 일찍이 '선의 이데아'라는 말을 했다. 인생의 궁극적 목표는 진정한 행복을 이루는 것이라는 뜻이다. 행복은 어떤 일에 만족하여 흐뭇하고 기뻐하는 상태이다. 그런데 행복이 그리 쉽게 오지 않는다. 자신이 불행하다고 생각하여 웬만해서는 만족하지 못해 늘 초조하게 살아가는 사람들이 의외로 많다.

유럽을 제패한 나폴레옹은 "내 생애에서 진정 행복했던 날은 엿새밖에 되지 않는다."라고 말했지만, 눈이 멀고 귀가 먹은 헬렌 켈러는 "나의 일생은 참으로 아름답고 행복했다."라는 말을 남겼다. 왜 그렇게 차이가 나는 걸까. 모든 것은 마음가짐과 생각하기 나름이다. 행복의 기준은 사람마다 다르다. 나 스스로 만족한다면 굳이 다른 사람의 평가나 시선을 의식하지 않고 나만의 가치를 추구하며 얼마든지 행복할 수 있다. 생각보다 사실이 더 중요하다.

사실 행복할 수 있는 조건이 충분한 데도 생각이 불행하게 만드는 수가 있다. 자기의 생각에 빠져 현실의 행복을 제대로 누리지 못한다. 지난 일을 회상하면 행복했는데 그때는 행복을 느끼지 못하는 이치와 같다.

내가 아들에게 바라는 건 무엇일까. 그건 바로 행복이다. 자신이 진정 좋아하고 잘하는 일을 찾아 보람을 느끼고, 비록 작지만 수고로 얻은 열매를 기뻐하는 사람이 되길 나는 기대한다. 더 욕심이 있다면 남에게는 사랑과 감사, 친절과 배려, 용서와 나눔을 실천하고, 자신에게는 열정과 도전, 희망과 비전을 가지기를 바란다. 나의 역할은 자상한 아버지 상을 보이면서 가족이 서로 이어져 하나가 된 느낌을 갖게 하고 가정이 인생의 안식처라는 행복의 조건을 만들어주는 것이리라.

작은아들이 앉았던 자동차 앞자리의 창가로 노란 은행잎 하나가 사뿐히 내려앉았다. 다음 배웅 때는 행복이 어떤 모습으로 찾아올까.

말

성경에는 하나님이 말씀으로 천지를 창조하였다고 쓰여 있다.
말씀으로 낮과 밤을 만들고 하늘과 땅, 온갖 동물과 식물, 그리고
사람을 만들었다. 성경대로라면 이 세상이 생길 때부터 말의 위력
은 참으로 대단하다.

말에는 긍정의 말과 부정의 말이 있다. 모든 것은 양면이 있다.
같은 현상이라도 긍정적인 측면이 있는 반면에 부정적인 면도 동
시에 가진다. 그런데 긍정적인 면을 강조하면 더 좋아 보이고, 부
정적인 부분을 들추어내면 그 대상은 좋지 못한 것으로 인식되어
진다.

말은 사람을 살리기도 하고 죽이기도 한다. 선한 마음으로 선한
말을 해 주면 상대방이 힘을 내어 다시 일어서기도 하지만, 악한
마음을 가지고 악한 말을 하면 그 사람을 망가뜨리고 죽이기도

한다. 호박꽃을 바라보며 "너는 어쩌면 그리 예쁘니?"라고 속삭이면 호박꽃은 더욱 샛노래지고 꽃잎과 보드라운 꽃술을 자신 있게 내보일 것이다.

좋은 말에는 향기가 있다. 좋은 말은 내용과 의도에 따라 장미꽃처럼 달콤한 향이 나기도 하고, 수선화처럼 은은한 향기를 품기도 한다. 그 나름의 품위가 있어 오랫동안 여운을 남긴다.

만나면 기분이 좋아지는 사람이 있다. 그런 사람에게는 늘 따르는 친구들이 많다. 그는 말을 할 때 자기중심에서 자기가 하고 싶은 말을 하는 게 아니라 상대방의 말에 경청하고 상대방의 입장에서 말을 한다. 상대방이 잘한 것과 좋은 점을 내세워 의욕을 북돋우고, 때로는 고민을 해결하는 데 도움 되는 말도 해 준다. 그런 사람은 참으로 말을 잘 하는 사람이다.

말은 그 사람의 인격이요 얼굴이다. 선한 말을 즐겨 하는 사람은 표정도 어질고 너그러워 보인다. 좋은 말로 천금을 얻고 보람을 느낄 수도 있지만 때로는 나쁜 말로 인해 나쁜 결과를 가져오기도 한다. 사람들과 다투는 건 어떤 내용 때문이 아니라 대화 중에 일어나는 오해나 말투에서 비롯되는 경우가 많다. 상대방을 존중하면서 좋은 말을 많이 하여 말 때문에 후회하지 않는 삶을 살아야 하는 것도 이 때문이다.

그러면 말은 얼마나 하는 게 좋을까. 말은 화살과 같아서 되돌리기도 어렵고 주워 담을 수도 없다. 아인슈타인은 성공의 비결은 말을 많이 하지 않고, 생활을 즐기며, 한가한 시간을 가지는 것 이라 했다. 우리는 상대방을 위로하거나 올바로 가르치기 위해 말을 많이 하는 습성이 있다. 하지만 어떤 상황이든 말은 자칫 남에게 오해를 사거나 상처를 주기 쉽다. 영국의 평론가 토머스 칼라일이 "침묵은 말보다 웅변적이다."라고 했듯이 때로는 침묵이야말로 가장 좋은 말이 되기도 한다. 침묵은 그 속에 많은 의미를 숨긴 채 강력한 호소력을 가진다. 죽음을 무릅쓴 저항도 침묵시위를 통해 이루어진다. 기도도 신에게 자신의 소원을 말로 전하는 게 아니라 신의 말씀을 듣기 위한 침묵의 시간이다.

문학을 예로 들어 보자. 문학은 글로 표현되지만 실상은 독자들에게 작가가 하고 싶은 '말'의 집합체이다. 독자들에게 직설적으로 표현하고 싶을 때는 희곡이나 수필도 좋지만 문예적인 표현이 많지 않은 산문의 형식을 빌리는 것도 현명한 선택이다.

김수민의 산문집 ≪너에게 하고 싶은 말≫은 독자들의 가슴에 진정한 위로를 주는 따뜻한 책이다. '아프지 마, 그래도 괜찮아, 네가 있어서 난 참 좋아.' 이 책의 소제목에서부터 기운을 솟게 한다. 자신의 의지대로 꿋꿋이 살아갈 수 있게 용기를 북돋아 준다. 작가는 쉬지 않고 "꽃은 언젠가 활짝 핀다."라고 말하면서 읽는 이에게 절망 속에서도 희망과 용기를 가지게 한다. 이 책은 좋은 글, 좋은 말로 가득 차 있다.

내가 하고 싶은 말을 글로 대신하는 글쓰기는 참으로 좋은 대화

술이다. 말은 자기의 생각을 순간적으로 나타내기에 성급할 수 있지만 말을 글로 표현할 때는 상대방이나 독자들의 기분을 잠잠히 살피고 자신의 마음을 깊이 성찰하면서 여과된 표현을 사용하게 된다. 그래서 글은 말보다 깊이가 있고 글쓴이의 철학이 담긴다. 글쓴이의 인품을 알 수 있고 솔직하고 정직한 마음씨를 엿볼 수 있다. 사려 깊은 글은 상대방의 감정을 상하게 하지도 않고 잘못 이해하여 상처를 입힐 일도 없다. 상대방은 침묵 속에서 글쓴이의 생각을 통해 자신을 돌아 볼 수 있는 여유도 생긴다.

그래서 나는 말보다 글을 즐겨 쓰는 글쟁이일 수밖에 없나 보다.

길

우리는 한 순간도 길을 떠나서는 살 수 없다. 우리가 살아가는 일상이 바로 인생길이요, 어디를 가도 길을 따라 나서고 길 위를 걷는다. 길에는 지나간 세월의 흔적이 남아 있고, 지나친 사람들의 애환이 젖어있다. 우리는 길을 걸으며 새로운 진리를 얻거나 자신도 모르게 성숙된 자아를 발견하기도 한다. 길에는 지혜가 넘치고 정이 흐른다.

연암 박지원 선생은 조선의 사신단 일행으로 청나라로 가다 열하를 보았고, 열하를 통해 외국의 문물을 흥미롭게 느끼고 배웠다. 그는 북경으로 돌아 올 때도 같은 길을 걸어 왔다. 그 길은 그때나 지금이나 같은 모습이지만 길이 간직한 통찰의 세계는 시대에 따라 달랐다. 자신은 아무것도 아는 게 없다고 느꼈기에 더 많은 지식을 배우고 또 가져왔다. 그렇게 해서 ≪열하일기≫라는 명저를 남겼다.

이탈리아 남부의 폼페이 여행 중에 나는 마찻길을 보았다. 길은 단단한 돌을 가지런히 깔아서 만들었는데, 오랜 세월 그 위로 수많은 마차가 다니면서 바퀴 자국이 생기고 골이 깊게 파였다. 그 길 가장자리에는 도랑을 파서 말의 배설물이 흘러갈 수 있게 해 두었다. 마찻길은 일정한 폭을 유지하며 도시의 큰길과 뒷골목으로 이어지고 있었다. 그 폭은 이천 년이 지난 지금도 철로의 너비에 적용하는 국제 표준이 되고 있다 하니 이 얼마나 놀라운 일인가. 고대 로마로부터 지금까지 이어지는 인류 역사의 시대간 소통인 셈이다.

우리는 매일같이 길을 걸으면서 보는 것이나 듣는 것들을 대수롭지 않게 여긴다. 오늘의 느낌이 다르고 지나치는 사람이 다르지만 별다른 의식을 하지 않고 무심히 걷는다. 하물며 길이 가진 의미도 모른 채 살아가기도 한다.

친구가 스페인 순례길에서 자전거 사고가 났다. 타고 가던 자전거가 도로 아래로 굴러 떨어졌다. 한 발짝도 걷기조차 힘든 상황이 되었다. 그는 마음을 비우려 했지만 정작 무엇을 비워야 할지 몰라 길에게 묻고 또 물었다. 하지만 길은 그의 질문에 답을 하지 않았고, 마침내 질문 자체에 답이 있다는 사실을 그는 깨달았다. 그토록 험난한 유럽 순례 길을 왜 가냐고 내가 물으니 "거기에 길이 있으니까!"라고 말했다.

길에는 평탄하고 넓은 길이 있는가 하면 좁은 오솔길과 험한 자갈길도 있다. 강변을 시원스레 돌아가는 둘레 길도 있지만 길이 막혀 더 이상 갈 수 없는 막다른 길도 있다. 인생길도 이와 같지 않은가. 우리는 살다보면 갖가지 시련을 겪는다. 그런데 오늘 힘든 길을 가더라도 내일은 광활한 대로를 만날 수 있다는 건 위안이 아닐 수 없다.

길은 눈에 보이는 길도 있지만, 삶의 방향이나 목표를 이루기 위한 지혜와 방법을 일컫기도 한다. 장자는 지북유(知北遊) 편에서 '도(道) 즉 길은 물을 수도 없고 물어도 대답할 수 없다.'고 했다. 삶에서 주어진 수많은 길은 예시만 해 줄 뿐 우리가 어떤 길을 선택하고 그 길을 어떻게 가야 하는지는 가르쳐 주지 않는다. 길을 가는 우리의 몫이요, 우리 스스로가 깨달아 헤쳐 나갈 일이다.

모든 문제는 나 자신에게 답이 있다. 돌이켜보면 나도 돌아갈 데가 없고 더 갈 수도 없는 막다른 길에서 헤매던 때가 있었다. 주로 사람과의 관계나 나와 가족의 질병 또는 진로와 관련된 일이었다. 그때마다 길 위에 홀로 서 있는 나 자신을 발견하곤 했다. 선배나 친지들에게 의논도 했지만 위로는 될지언정 진정한 답은 얻지 못했다. 그러다 나이 들면 지혜가 저절로 생겨 나 스스로 문제를 극복해 나갈 수 있을 거라 믿었다. 하지만 이순이 넘은 지금도 답을 찾기는커녕 아량과 배려보다 아집과 탐욕만이 마음속에 꿈틀거리고 있음을 깨닫는다. 절망도 내가 만든 것이고 고통도 나로 인해 생겨난 것이 아닌가.

마음을 내려놓고 진리를 찾아 구도자의 길을 선택한 사람들도 있다. 기도원에서 금식 중에 하나님을 만나 성도의 길을 가기도 하고, 동안거(冬安居)를 마친 승려가 깨달음을 얻기도 한다. 나는 그들의 흉내라도 내려고 기도나 명상을 하면서 가야할 길을 끊임 없이 찾아 헤맸다. 그러던 중 새로운 길을 택하곤 했지만 그 길이 옳았는지는 확신할 수 없다. 중요한 것은 나중에 후회하거나 나의 결정에 미련을 갖지 않는 것이다.

내일도 잠에서 깨어나면 또 다른 세상을 만나고, 오늘과는 다른 하늘과 바람을 맞으며, 가족을 다시 만나고, 내가 좋아하는 일이나 원하지 않는 상황을 맞이할 수도 있다. 그렇더라도 어느 시인의 말처럼 오직 내게 주어진 운명 안에서 내가 진정 원하는 길을 찾아 '나의 길'을 갈 것이다.

나는 오늘도 길을 걸으며 길을 생각한다.

할미꽃

천안의 한적한 동산에서 할미꽃을 보았다.

화단에 군락을 이루며 피어있는데 자주색과 짙은 분홍빛이 깊고 그윽하다. 꽃줄기와 꽃잎에 흰 털이 자욱하여 목털 달린 긴 외투를 입은 유럽의 어느 여왕 같다. 대부분 허리가 굽어 있지만 아직 고개를 반듯이 세운 것도 있고, 꽃봉오리를 막 터트린 건 짧은 허리를 빳빳이 하고 있다. 할미꽃은 원래부터 허리가 굽어 있지 않으니 그 이름이 꼭 맞는 건 아닌 듯싶다. 젊은 시절이 지나 세월의 무게로 힘이 겨운데 허리까지 약해지면 그때서야 구부정한 할머니가 되는 것과 같은 이치 아닌가. 다만 할머니가 되는 시기가 조금 이를 뿐이다.

할미꽃은 다른 꽃들과 달리 쉬 지지 않는다. 벚꽃은 사월 중순을 넘기지 못하고 동백은 잠시 피었다가 통째로 떨어져서 진다.

진달래도 봄을 알리며 고운 빛을 뽐내지만 철쭉이 만발할 때 슬며시 지고 만다. 하지만 할미꽃은 삼월에 꽃망울이 맺혔다가 만개한 후 열매가 열리는 유월까지 피어 있다.

할미꽃은 여러해살이 풀이니 거름을 주고 주변을 잘 정돈하면 오랫동안 살 수 있다. 할미꽃은 햇빛이 잘 드는 척박하고 마른 땅에 잘 자라니 산비탈이나 무덤가에서 흔히 볼 수 있다. 우리나라 전역에 피어나는데 제주에는 가는 잎 할미꽃이 핀다. 육지의 할미꽃과는 조금 다른 종으로 바닷바람이 거세어 환경에 적응하느라 잎이 가늘어진 듯싶다.

할미꽃에는 슬픈 전설이 있다. 어려운 형편에도 세 딸을 시집보낸 어머니가 늙고 병들어서 큰딸과 둘째 딸을 찾아가지만 차례로 구박을 받는다. 그러다 추운 겨울날 착한 막내딸을 만나러 가다가 허기가 져 고갯마루에서 쓰러져 죽음을 맞는다. 막내딸이 그걸 알고 울며불며 뒷동산에 묻고는 늘 바라보며 슬퍼했다. 봄이 되자 무덤에 어머니처럼 꼬부라진 꽃이 피었는데 딸이 그 꽃을 할미꽃이라 불렀다고 전해진다. 내 아내도 내가 죽고 나면 그러지 않을까 기대해 보지만 괜한 욕심인 듯싶어 마음을 다잡는다.

할미꽃은 꽃잎 중앙에 노란색 꽃술을 한 아름 안고 있는 건 가난하게 살던 막내딸에게 알뜰살뜰 모은 돈을 전하려고 간직해 둔 건가. 하늘만 쳐다보고 자라다 이파리는 아래에 두고 꽃줄기만 길게 뻗어 꽃봉오리를 맺었다. 그러니 약한 허리에 꽃이 무거워 고개를 숙이지 않을 수 없다. 이 또한 자신이 선택한 길이 아닌가. 하지만 꽃이 지고 열매를 맺을 때는 휘어 있던 꽃대를 곧게 편다. 거기다 열매에 긴 털을 매단 건 민들레처럼 씨앗을 더 멀리 퍼트리기 위함이니 후손을 번식하려는 정성이 지극하다.

동산의 언덕을 넘는 길목에서 허리 굽은 할머니를 만났다. 화사한 분홍색 옷에 지팡이를 짚고 쉬엄쉬엄 오르면서 한마디 한다. "예전에는 잘 다니던 길인데, 이젠 힘이 많이 드네." 이곳에 자신을 닮은 할미꽃이 피어있다는 걸 그 할머니는 아실까. 문득 어릴 때 고향의 약초시장에서 만난 할머니 생각이 난다. 그 할머니도 허리가 굽었는데 할미꽃 뿌리와 민들레 뿌리를 캐서 시장에 내다 팔았다. 그 시절에도 민들레는 지천에 널렸겠지만 할미꽃을 캐려면 산과 들로 헤맸을 텐데 힘겨운 길을 어찌 그리 다녔을까. 그땐 할미꽃이 어디에 쓰일까 싶었다. 할미꽃 뿌리는 항암이나 위염치료에 좋고 잎과 줄기는 항균효과가 있어 해독에 도움을 준다고 하니 할머니는 죽어서도 세상 사람들에게 헌신과 사랑의 진수를 보여주고 있다.

할미꽃에게서 지금의 내 모습이 투영된다. 젊은 시절 사회의 한 영역을 맡아 일하던 시절은 다 지났다. 그때는 정부가 마련해 준 자리가 나를 보호해 주었으니 그 자리가 나 자신인 셈이었다. 이제는 내가 나 스스로를 가꾸고 보살펴야 한다. 내 인생은 오로지 나의 몫이다. 나 홀로 서 있는 광야에 불어오는 스산한 가을바람을 나의 의지로 따뜻한 봄바람으로 변화시켜야 한다. 할미꽃처럼 고개 숙이는 노년이 아니라 허리도 고개도 꼿꼿이 세우고 당당하게 살아가야 한다. 굽은 허리로는 발아래 세상만 보일 뿐이다. 고개를 들고 멀리 내다보면 또 다른 세상이 보인다.

　문득 할미꽃이 허리를 펴고 살아가면 좋겠다는 생각이 든다. 고개를 든 할미꽃이 바라보는 세상은 어떤 모습일까.

민들레와 동행하며

병 치료를 위해 시골에 작은 집을 하나 빌린 적이 있다. 집이라고 해야 조그마한 건물의 방 한 칸이었다. 살림살이는 책상과 컴퓨터, 책 몇 권이 고작이었다. 나는 그곳에 가끔 내려가 며칠씩 지내곤 했는데, 하루는 건강식품에 대해 공부하다가 투병 중인 나에게 민들레가 좋다는 사실을 알게 되었고, 그 후로 틈만 나면 집 근처의 산과 들로 민들레를 캐러 다녔다.

봄비가 내린 다음 날 산행을 하다가 길 한편으로 군락을 이루고 있는 민들레를 발견했다. 그곳에는 노란 민들레가 대부분이었지만 하얀 민들레도 간혹 자라고 있었다. 하얀 민들레는 꽃이 화려하지 않으면서 정숙한 여인처럼 단아(端雅)한 모습이었다. 나는 가져온 꽃삽으로 민들레의 포기 밑동을 잡고 흙을 파 내려가다 조심스럽게 윗동을 잡아 올렸다. 민들레는 비가 온 뒤라 땅이 부드러워 캐기 쉬웠다.

　며칠 뒤 본가를 다녀와서 거실 문을 열다가 나는 깜짝 놀랐다. 마루에 널어 둔 민들레 꽃줄기들이 하나같이 허리를 반듯이 세우고 있는 게 아닌가. 마치 털모자를 눈썹까지 눌러 쓴 영국 근위병 모습을 하고 있었다. 그때 나는 민들레의 암팡진 생명력을 보았다. '하찮은 식물도 이처럼 살려는 의욕이 있는데, 내가 나약해지면 되겠는가.' 하는 생각이 문득 들었다. 나는 그런 민들레를 무자비하게 뿌리째 뽑아 미안한 마음도 들었지만, 한편으로 참고 견디면 다시 일어설 수 있다는 믿음으로 가슴이 벅차올랐다.

　민들레는 우리나라 도처에서 자란다. 병충해 피해도 없고 번식력이 강하여 개울가와 돌담 사이에도 피어난다. 민들레는 사람의 피를 맑게 하여 몸에 염증을 없애고 암세포를 죽이는 효능이 있다고 전해진다. 나는 캐 온 민들레를 데쳐서 무쳐 먹기도 하고 말려서 뿌리째 달여서 차로 마셨다. 때로는 겉절이 김치를 담가 먹고 달인 물로 밥을 짓기도 했다. 그런 연유인지 산행 길에 발걸음이 가볍고, 잠을 자고 나면 기분이 상쾌하고 온몸이 거뜬하였다. 병원 검사에서 건강 수치가 정상으로 나오고 장기의 기능도 좋아졌다고 한다. 그래서 나는 민들레를 더욱 사랑하게 되었고, 어디를 가든 민들레를 보면 친구를 만난 듯 반갑기 그지없었다.

　민들레는 꽃이 지고 난 자리에 작은 씨앗이 소복이 맺힌다. 씨앗은 가늘고 보드라운 갓털(冠毛)에 붙은 채 한곳에 모여 하얀 구슬 모양을 하고, 바람이 부는 데로 사방으로 흩날리다가 어디든 자리를 잡고 새 생명을 잉태한다. 그래서 민들레는 투병 중인 나에게 소생(蘇生)의 희망을 갖게 한다.

오늘도 산행 길에 길섶에서 홀로 자라는 민들레를 바라보다 문득 시 한 구절이 생각났다.

> 사는 일 누구에게나 그리 만만치 않아/ (…) 몸을 지키기 어려운 때도 있다/ (…) 겉보기엔 많이 빈약해지고 초췌하여 지쳐 있는 듯하지만 / 그럴수록 민들레는 뿌리를 깊이 내린다 (중략)
>
> ─도종환, 〈민들레의 뿌리〉

시인은 민들레 뿌리의 강인함을 노래하며 나처럼 투병 생활의 끝자락에서 건강을 되찾는 소망을 꿈꾸고 있었던 것 같다. 온 세상이 새 모습으로 단장하는 이 봄, 나는 예전처럼 민들레와 함께 산다. 그리고 언제나 동행하련다.

04

구절초 사랑

생각의 우물에 깊이 빠져서 지낼 때도 종종 있었다.
잠자리에 들거나 아침에 잠이 깼을 때 생각 때문에
벌떡 일어나 메모를 하기도 하고,
메모를 하다 다른 생각이 들면 그것을 기록하느라
잠을 설치기도 했다.
생각도 습관이다. 생각을 게을리 할 수는 있어도
생각 없이 살 수는 없다.
하지만 생각이란 생물과 같아서 생각을 하면 할수록
더 깊고 많은 생각으로 이어진다.
나는 때로는 생각의 굴레에서 해방되고 싶어
좋아하는 음악을 듣거나 명상을 한다.
– 본문 중에서

내 이름은 산천어

강원도 깊은 산기슭에 자리 잡은 양식장에서 태어나고 자랐지만 그때만 해도 우리는 행복했다.

어미에게서 헤엄치는 기술을 배우고 때 맞춰 던져주는 먹이를 즐겼다. 그러던 사이에 비늘도 자라고 유선형의 아름다운 몸매에 살도 적당히 올랐다. 주인이 외출한 날에는 우리끼리 뷰티 축제를 열었다. 순서에 따라 몸을 한 바퀴씩 돌기도 하고 은빛 비늘이 햇빛에 반짝이면 꼬리를 흔들어 보이며 서로를 격려했다. 물 위로 스며드는 계절의 향기도 즐기고 나무에 앉은 새들과도 동무되어 노닐다가 지나가는 구름 그림자를 따라 다니며 빠끔빠끔 입질도 했다. 바람에 이는 부드러운 물결이 지느러미에 닿을 때면 기분이 참 좋았다.

어느덧 우리들의 보금자리에 서늘한 기운이 감도는가 싶더니 물위로 낙엽이 쌓이면서 추위가 닥쳐왔다. 우리는 물 속 깊은 곳으로 파고들며 잠을 청하기도 했다. 그런데 언제부턴가 먹이를 한 끼도 못 먹는 날이 거듭되었다. 배가 고프지만 참았다.

어느 날 아침나절 머리로 그물망이 던져진 이후 우리의 고난 여행은 시작되었다. 난데없이 나타난 물차에 태워진 채 쉬지 않고 출렁이는 물결 따라 이리저리 부딪히고 흔들리며 정처 없이 떠났다. 곁에 있던 친구는 한쪽 구석으로 휩쓸려가고, 나도 자세를 바로잡으려 애써 보지만 몸을 가누지 못하고 비틀거렸다.

얼마나 지났을까. 차가 멈추고 한참 잠잠하다 싶더니 갑자기 문이 열리고 우리들은 물에 휩쓸려 속절없이 바깥으로 쏟아졌다. 나는 하마터면 미끄러져 얼음 바닥에 나뒹굴 뻔했다. 우리는 누가 먼저랄 것도 없이 물고랑 사이로 쏜살같이 들어가 한숨을 돌리며 서늘한 물속으로 도망치기 시작했다. 먹잇감을 찾는 맹수마냥 우리의 눈알에서는 광채가 났다. 이제 배불리 먹을 것도 생기고 자유를 찾아 넓은 세상으로 나아간 줄 알았다. 그곳이 바다 속 같기도 하고 흐르는 강물인가 싶기도 했다. 수많은 사람들의 노리갯감이 되었다는 건 꿈에도 몰랐고 여기가 죽음의 축제장인 건 상상도 하지 못했다. 바로 곁에 있던 친구가 갑자기 사라졌다. 눈앞에서 아른거리며 둥둥 떠 있는 찌를 물던 모습을 본 게 끝이다. 그를 찾아 돌아다녔지만 도무지 보이지 않는다.

혼자서 얼음 밑을 몇 바퀴 돌고 있는데 위에서 차 소리가 들리더니 물이 쏟아지면서 나와 닮은 물고기들이 통로 쪽으로 곤두박질하며 들이닥쳤다. 서로 낯이 설고 환경이 생소하지만 우리는 그런 걸 살펴볼 겨를이 없었다. 사방에서 얼음에 구멍 뚫는 소리가 들렸다. 힐끗 쳐다보니 빛이 새 들어오고 그 너머로 동그란 하늘이 빼꼼히 얼굴을 내밀며 무심히 안을 들여다본다. 얼음 위에 사람들의 웅성거리는 소리가 났다. 처음에는 우리의 날쌔고 멋진 모습을 구경하러 온 줄만 알았다. 조금 지나자 새끼 생선들이 물속을 오르락내리락한다. 가느다란 줄에 매달린 것처럼 보였는데 그게 무엇인지 도무지 알 수 없다.

햇빛에 어른거리는 내 모습이 문득 스치고 지나간다. 입에 생채기가 나고 비늘은 군데군데 벗겨지고 짓이겨졌다. 얼마 전 고향집에 있을 때 내 모습과는 너무나 다르다. 같이 지내던 친구들은 온데간데없고 마땅히 먹을 것도 보이지 않는다.

그럭저럭 고향을 떠난 지 달포가 된 듯싶다. 그동안 사람들 손에 잡히지 않고 용케도 살아왔다. 하지만 그게 어디 살아도 산목숨이던가. 지옥이 따로 없었다. 낚싯줄에 아가미나 주둥이가 걸려 올라가는 친구들을 수도 없이 보았다. 그 모습이 예사롭지 않았다. 꾀가 났다. 배가 고파도 참으면서 입을 꼭 다물고 줄 사이를 피해 다녔다.

얼음 위에는 여기저기서 사람들이 "잡았다"고 환호성을 질러댄다. 건너편 웅덩이에서 철퍽거리는 소리에 정신이 번쩍 들었다.

사람들이 물속에 들어와 맨손으로 고기를 잡느라 아우성이다. 친구들은 도망가고 사람들은 쫓아다닌다. 어떤 사람이 맨손으로 한 친구를 잡더니 자기 입에 넣고 두 손을 치켜들며 소리를 질러댄다. 그 친구의 부릅뜬 두 눈알에는 핏기가 서렸다.

그렇게 지난 시간이 얼마나 되었을까. 갑자기 얼음 밑에 있던 물이 빠지고 커다란 비닐봉지가 보이는가 싶더니 힘 쓸 겨를도 없이 거기에 담겨져 꼼짝할 수 없었다. 무슨 일이 생긴 걸까. 나도 모르게 공중으로 들려지는 느낌이 들었다. 목이 말랐다. 햇살이 그렇게 따가운지 처음 알았다. 온몸에 힘이 빠지고 나른한 기운이 감돌더니 금세 잠이 온다. 꿈인지 생시인지 내가 먼 바다를 향해 하며 자유롭게 헤엄을 치고 있었다. 생기가 조금 나기에 바깥을 내다보니 어느덧 밤이 이슥하여 어디가 어딘지 분간이 가지 않는다. 다시 피로가 몰려오더니 의식이 몽롱하다.

환한 불빛에 눈이 부셔 잠에서 깼다. 어느 식당 앞이다. 사람들의 두런거리는 소리가 어렴풋이 들린다. 나를 흥정하는 소리 같다.

여기가 나의 끝이란 말인가. 나는 이제 어디로 가는가.

가을 단상(斷想)

새신랑을 맞는 신부처럼 설레는 마음으로 가을을 맞으려고 뜰을 나선다. 언덕 아래 산책길은 온통 가을 향기로 자욱하다. 나뭇잎은 가을 색으로 물들고 낙엽은 뜰 안에 가득 내려앉았다. 낙엽을 밟으며 단풍으로 물든 나뭇잎도 올려다본다. 붉은 산수유 열매가 탐스러워 하나를 깨물었더니 상큼한 맛이 입안에서 맴돈다. 씨앗은 종이에 고이 접어 주머니에 넣어 두었다. 가을은 떠나보내는 것도 있지만 새 생명을 품기도 하는 좋은 계절이다.

그런데 나는 과연 이 가을을 기쁘게 맞이힐 준비가 되어 있는가. 계절은 가을 속에 깊이 잠겼지만 나의 몸과 마음은 아직 지난 계절에 머물고 있지는 않는가. 자연은 언제나 절기의 변화에 맞추어 다가오는 계절을 닮아가고 있는데, 내 마음은 자연을 즐길 여유조차 없는 것 같다.

청록으로 우거진 여름보다 색이 다채로운 가을을 나는 더 좋아한다. 나무와 들풀의 이파리마다 색깔이 모두 다르고 단풍나무 잎은 아예 진홍색 물감 통에 담갔다 막 꺼낸 것 같다.

나는 가을색이 좋아 가을을 카메라에 담았다. 색동옷으로 갈아입은 나뭇잎도 담고, 한조각 구름 떠 있는 파란 하늘도 담고, 비단색을 두른 연못 속 금붕어의 모습도 찍었다. 내친김에 나뭇잎 사이를 넘나드는 새소리도 담고, 길가에 외롭게 앉아 있는 벤치 위의 속삭임도 담고, 솔잎을 간질이는 가을바람도 사진에 넣었다. 그 순간 가을이 온통 내 가슴속으로 들어왔다.

오후에는 갑자기 먹구름이 끼고 천둥 번개가 친 후 한줄기 소나기가 쏟아졌다. 바람에 나뭇가지 끝이 흔들리더니 나뭇잎들이 속절없이 떨어진다. 담벼락에 붙어 안간힘을 쓰고 있던 담쟁이덩굴 잎이 제일 먼저 바람에 날렸는데 금세 곁에 있던 벚나무 잎사귀도 동무 되어 떨어진다. 마치 나풀거리는 나비들의 춤사위 같다. 한참을 지나 바깥을 보니 언제 그랬냐는 듯 말끔히 개여 하늘이 가을빛으로 살아났다. 가을을 맞는 사람들의 마음이 준비되지 않은 듯하여 하늘이 경종을 울린 건가. 가을의 아름다움을 진정 감사한 마음으로 맞으라는 준엄한 명령인 듯싶다.

이제 온 세상에 맑은 가을 색이 깊어진다. 나뭇잎뿐 아니라 하늘과 구름, 산, 숲과 사람들 마음도 함께 물들며 저마다의 빛깔로 아름다움을 자랑한다. 세상은 바다에 온갖 물감을 풀어놓은 듯 크고 작은 바람을 따라 쉬지 않고 출렁인다. 풍경을 바라보며 느낀 감동을 글로 묘사해 보지만 오직 흉내만 낼 뿐이다. 글쟁이 초년 생인 나의 짧은 글로 대자연의 변화하는 모습을 어찌 다 표현할 수 있겠는가. 공자는 일찍이 "글은 말을 다하지 못하고, 말은 뜻을 다하지 못한다(書不盡言 言不盡意)."고 하였다. 사람은 오직 눈으로 보고 귀로 들을 수 있는 것만 느낄 뿐이다. 선뜻 다가온 가을이 아무리 감격스럽다 해도 이를 글로 나타내려다 대자연에 작은 흠 집이라도 낼까 두렵다.

사람들은 가을을 삶의 한 과정에 비유하기도 한다. 시인 윤동주 는 '내 인생의 가을이 오면' 사람들을 더욱 사랑하며, 남에게 상처 주지 말고 삶을 아름답게 가꾸면서 인생의 좋은 열매를 맺으리라 다짐했다. 가을은 저물어가는 인생을 닮았으니 젊은 시인도 지난 날을 돌아보며 미래를 준비한 것이다. 한학을 공부하는 친구는 가을 숲을 바라보며 "피할 수 없는 생장사멸(生長死滅)의 순환과정 에서 가을은 떠나보내야 하는 별리(別離)의 시간이다."라고 술회 했다. 가을은 다가오는 겨울을 맞이할 준비를 하는 계절이듯 세월 이 가면 인생도 죽음을 예비해야 하는 건 분명한 이치다. 하지만 겨울이 지나면 새 봄이 오는 게 자연의 섭리라면 계절이 바뀐다고 그리 탄식할 일만은 아니다.

어떤 이는 가을이 되면 마음이 쓸쓸해져 외로움을 느낀다고 한 다. 그 말이 내게는 오고 가는 계절 따라 속절없이 살아가는 게으른 자들의 변명처럼 들린다. 차라리 그 시간에 열매를 수확하는 기쁨을 만끽하면서 계절의 변화에 순응하는 것이 신이 주신 축복에 감사하는 참 모습일 것이기 때문이다.

안성 금광호수 위에 떠 있는 보름달과 호수에 부서진 달빛의 어울림이 좋고, 동네 공원에 산책 나온 오리가 반기며 내는 소리가 퍽이나 정겹다. 풍기의 과수원에서 친구가 따다준 사과 한 입의 달콤함이 좋고, 은행나무 열매에서 인연이 여물어가는 소망을 품을 수 있어 나는 즐겁다. 주변의 모든 것이 가을이 내게 주는 행복이다. 어느 시인의 말처럼 내 영혼의 상처와 슬픔 그리고 아픔과 고통을 가을볕에 뽀송뽀송 말려 따뜻한 가슴이 된다면 나도 가을을 예찬하는 흉내라도 낼 수 있으려나.

이렇듯 가을을 사랑하는 글이라도 하나 남기고 싶은 걸 보면 나도 계절을 타는 건 아닌지 모르겠다.

세월

1

　제주의 함덕 해변은 파도가 잔잔하고 바다색이 유난히 아름다운 곳이다. 멀리서 바라보면 수채화로 그림을 그려놓은 드넓은 액자 같다. 수평선 근처에는 검푸른 색 물감이 테를 두르고 그 밑으로 에메랄드빛이 넘나드는데, 뭍에 가까울수록 하늘색과 옅은 갈색이 한데 어우러져 있다. 바닷물이 얕아 겁 없는 젊은이들은 바다 쪽으로 한참을 걸어 나가 카메라 앞에서 갖은 포즈를 하며 즐거워한다.

　물결이 지나간 자국이 모래사장 위로 선명히 나 있다. 분명 바닷물이 밀려 왔다 금세 쓸려가곤 했을 텐데 모래에도 잔주름이 깊게 파여 파도처럼 일렁인다. 파도가 모래 위에서 굳어버린 화석 같다. 세월이 지나간 표시이다. 새로운 시간이 다가오면 이전의 시간은 소리 없이 사라지지만 세월은 이처럼 뜻밖의 흔적을 선물로 남기기도 한다.

함덕 해수욕장 바로 옆에 서우봉이 우뚝 솟아 해변을 내려다보고 있다. 봉우리 중턱으로 나 있는 둘레 길을 따라 유채꽃이 한창인데, 언덕 아래에 말 두 마리가 똑 같은 모양으로 풀을 뜯고 있다. 앞에는 어미 말이 섰고 바로 뒤에 아기 말이 따른다. 해변의 모래사장이 일구어 놓은 세월의 흔적과 무척이나 닮았다. 앞으로도 어미 말이 살다간 세월의 그림자가 아기 말의 모습에 그대로 남아 있을 것이다.

2

몇 해 전 산방 생활 중에 어느 목사 부인을 만났다. 말기 암 치료를 받으러 온 남편인 목사의 보호자로 와서 함께 지냈다. 그녀는 사랑하는 남편에게 수발을 들며 밤낮으로 간호하였고, 개울가에서나 교회 예배 중에 하나님에게 남편을 구해달라고 울부짖으며 기도했다. 기도는 그녀의 삶 자체였고 하나님은 남편을 살리기 위해 붙잡아야 할 마지막 남은 생명줄이었다. 내가 산에서 내려온 후 몇 달 지나지 않아 그녀는 단체 카톡방에 남편의 부고를 알려왔다. 그 이듬해 그녀는 지나간 이야기를 글로 남겼다.

"설 연휴 동안 화진포에 다녀왔어요. 바다 갈매기가 바람을 맞으며 서 있는 모습이 특이했어요. 바람을 피하지 않고 맞서야 더 강해지는 걸까요? 바람을 등지지 않고 바람을 안고 있더라고요. 이번 여행에서 얻은 것은 과거에 매달리지 말고 미래를 향해 나아가며 앞으로 해야 할 일에 집중하는 것, 그 깨달음에 자유를 얻었어요."

어느 신부가 호스피스 병동에 있는 신도에게 살면서 제일 아쉬웠던 게 뭐냐고 물었더니 그분은 지나온 인생이 너무나 짧다는 말을 남겼다고 한다. 우리가 나중에 죽음 앞에서 후회하지 않으려면 바람에 맞서는 물새처럼 온갖 풍파를 견디며 짧은 인생을 의미 있게 살아가려는 자세와 용기가 필요하다. 그녀는 사랑하는 가족을 잃은 상실감을 스스로의 힘으로 이겨내고 있었다. 한참 뒤에 또 한 번 소식을 전해 왔다.

"강물에 흘러가는 물살을 보고 깜짝 놀랐어요. 세월도 물살처럼 빠르게 지나고 있다는 사실을 새삼 느꼈어요. 사계절 속에 살고 있어서 그저 세월은 순환하고 있겠거니 착각하며 살았죠. 한 사람이 떠남으로 세상을 바라보는 시가이 많이 달라지기 시작했어요. 전과 후는 참으로 많은 변화를 가져다주네요. 우리도 언젠가는 그 세월 속에서 떠나가겠죠."

분명 그녀는 남편이 세상을 떠난 후 생각과 마음가짐에 많은 변화를 겪고 있었다. 그동안 과거에 대한 후회와 그리움에 빠져

헤어나지 못하고 있었는데, 기도 중에 하나님이 '지나가는 세상은 붙잡을 수 없는데 왜 그토록 붙잡으려 하나?'라는 깨달음을 자신에게 주셨다고 한다. 모든 것은 지나갔고 지나가고 또 지나갈 뿐이다. 기도의 힘은 참으로 위대하다. 기도가 그녀를 그렇게 변화시키고 있었던 것이다.

내가 그녀에게 자신의 삶을 소재로 글을 쓰고 싶다고 했더니 "저는 전에는 착한 줄 알았지만 이제 보니 가식과 체면의 껍데기뿐이었어요. 그래서 요즈음은 날마다 참회하면서 살고 있어요."라고 대답했다. 그녀는 지금도 교회를 지키며 고난 중에 고통을 겪고 있는 이웃을 위로하고 그들을 위해 기도하고 있다. 이처럼 희생하고 헌신하는 사람도 참회가 부족하다는데 나는 과연 어떻게 살고 있는가.

세월이 흐르면서 감정이 무뎌지고 정화되는 모습을 그녀에게서 엿본다. 시간과 더불어 스스로가 변화할 때 세월은 아름다운 흔적을 남긴다. 더 높은 이상을 꿈꾸며 인생을 새롭게 출발하는 그녀의 소박하지만 풍성한 삶을 위하여 진정으로 기도할 뿐이다.

밤을 줍다

산행 길에 발 아래로 밤송이 하나가 툭 떨어졌다. 즐거워 노래를 부르며 산을 내려왔는데 그런 내가 보기 좋아 하늘이 선물을 주신 건가. 문득 며칠 전 가평에서 밤을 줍던 기억이 새롭다.

잣나무가 많은 가평에는 가을이 되면 밤도 많이 열린다. 읍내에서 포장도로를 따라 북쪽으로 한참 올라가다 보면 명지산 기슭에 이른다. 가을이 밤나무에 알알이 맺혔다. 산 입구에 있는 밤나무가 가지마다 탐스러운 밤송이를 매달고 탐방객을 맞는다. 정상으로 올라기는 길 아래에 밤나무 밭이 있고, 그 위 비탈진 곳에는 야생으로도 많이 자란다. 이 산은 시골의 후미진 곳에 있어 한적하다 못해 높이 올라갈수록 인적이 아예 끊어진다.

밤은 참으로 곱고 예쁘다. 진한 갈색에 모양은 동그랗고 피부도 매끈하다. 모두가 한결같이 머리에 작은 헬멧 하나씩 눌러쓰고 있다. 땅에 떨어질 때 덜 아프기 위한 그들만의 비법인 듯싶다.

'밤톨 같다'는 말이 있다. 어느 것 하나 못생긴 게 없다. 어떤 놈은 삼형제 같고 어떤 것은 자매처럼 다정스럽다. 어떤 송이는 부부인 듯 두 개의 밤 사이에 아기처럼 생긴 귀여운 알밤을 품고 있다. 비좁은 송이 안에서 오직 가족 사랑으로 한 계절을 잘도 견뎌냈다. 밤이 여무는 데 거의 삼 년이 걸린다고 하니 이들 밤송이는 삼 년 전에 이미 움트기 시작한 것 아닌가. 그동안 송이 안에 무슨 일이 일어났을까. 송이마다 갖가지 비밀을 간직한 듯한데 벌어진 안쪽을 들여다보지만 도무지 알 수 없다.

밤은 길 위보다는 비탈이나 숲에 더 많이 떨어져 있기에 나는 주로 그런 곳을 찾아다녔다. 밤이 제법 남은 걸 보니 사람들이 그리 자주 찾지 않았나 보다. 만만히 갈 수 있는 곳만 다니면 밤을 많이 줍지 못한다. 행복도 마찬가지다. 손쉽게 누릴 수 있는 것보다 이루기 어려운 일에 도전하면 처음은 서툴고 힘들지라도 마침내 행복으로 가는 길이 보인다. 그날 내가 주운 밤은 새로운 길을 찾은 보상이요 노력의 결실이었다.

밤은 허리를 굽혀야 주울 수 있다. 허리를 펴거나 위를 쳐다봐서는 결코 얻지 못한다. 밤은 다 익어야 땅에 떨어지는 법이니 나무에 달려있는 밤은 아직 떫은맛이 난다. 덜 익은 채 가지에 달려있는 송이는 흔들거나 막대기로 치지 말고 다 익어 스스로 떨어질 때까지 기다려야 한다. 밤을 주울 때는 손가락에 힘을 주고 구부려 미끄러지지 않게 해야 하고, 밤송이 껍질에는 가시가 있어 찔리기 쉬우니 조심하는 게 좋다. 인내심을 가지고 겸손한 마음으로 정성을 다해야 좋은 열매를 얻을 수 있다는 자연의 이치가 아닌가.

밤을 주우며 온 산을 누비다보니 가는 곳마다 밤만 보인다. 밤이 땅에 놓인 모습도 제각각이다. 어떤 밤은 송이 바깥으로 나와 있기도 하고, 아직 송이 안에 숨어있는 것도 보인다. 그 중에 활짝 벌어진 송이에 가득 들어차 있는 송이밤이 제일 보기 좋다. 오늘 잠자리에 누우면 천장에 밤톨들이 둥둥 떠다닐 듯싶다.

밤은 소리로 먹는 음식이다. 잘 생긴 밤 하나 골라 껍질을 벗기고 깨물어 보았다. 씹을 때마다 경쾌한 소리가 달콤한 맛을 더한다. 어느새 생밤에 얽힌 어린 추억이 입안을 맴돈다.

예전에 큰집 제사 때 여자들이 부엌에서 제수용 음식을 만드느라 분주한 사이에 남자들은 사랑방에서 과도 하나씩 들고 밤을 쳤다. 요즘은 시장에서 깐 밤을 쉽게 구할 수 있지만, 예전에는 조상을 모시는 정성이 소중하니 그런 것은 엄두도 내지 못했다. 깐 밤이 소쿠리에 가득할 때면 거의 한밤중이 되곤 했다. 그 당시 어린 나는 감히 칼을 들지는 못하고 형들 어깨 너머로 구경만 했는데 어느 때부터 나에게도 기회가 왔다. 어른이 된 기분이었다. 하지만 밤은 자신의 속살을 그리 쉽게 내보이지 않았다. 나는 하얀 살을 파내기도 하고 손에는 상처가 났다. 모양을 낸다고 속살을 깎다 보면 자꾸만 작아지기도 했다. 밤 까는 것도 고된 수련과 인내가 필요하다. 마침내 모양이 제대로 난 것만으로 제사상에 올라간 밤들은 마치 개선장군 같았다.

한나절을 쉬지 않고 밤을 줍다보니 허리가 뻐근하다. 잠시 바위에 걸터앉아 쉬고 있는데 밤송이가 순서도 없이 내 주위로 툭툭 떨어진다. 어떤 연유로 낙엽이 지기 전에 열매가 먼저 떨어지는 걸까. 무엇보다 새 생명을 잉태하는 일이 더 소중한 까닭이리라. 밤송이는 한꺼번에 떨어지지 않고 송이마다 떨어지는 시간도 제각각이다. 밤을 기다리는 모든 이들이 오랜 시간 주워서 먹고 즐길 수 있게 하려는 자기희생이요 배려가 아닐까.

배낭에 밤을 채워 집으로 돌아오는데 달빛도 온 하늘에 가득 찼다. 올 가을은 밤이 있어 더욱 풍성하다.

물방울

바라보는 내가 숨이 막힌다. 적막한 동굴 안에 신비스러운 일이 은밀히 벌어진다. 어제도, 한 달 전에도, 일 년 전, 백 년 전 아니 천 년 전에도 똑같은 일이 일어났을 것이다. 이것은 내일도, 한 달 뒤에도, 일 년 뒤, 백년 뒤 그리고 천년 뒤에도 쉬지 않고 이어지리라. 분명 바닥에 '똑' 하는 물방울 소리가 여러 곳에서 났을 테지만 나의 둔감한 청각으로는 도무지 알아차릴 수조차 없다.

온달 산성 아래에 생긴 지 4억5천 년으로 추정되는 온달동굴이 있다. 동굴은 단양의 후미진 곳에 있어서인지 주말인데도 한가하다. 입구에서 안전모를 빌려 썼지만 나지막한 천장에 머리를 보호하기보다 아무래도 물방울에 젖지 않기 위한 쓰임새가 더 있는 것 같다. 내 머리로 물이 자꾸만 떨어지다 보면 정수리에도 도깨비처럼 돌 기물이 움을 틀지도 모를 일이다.

오랜 세월 천장에 물이 방울방울 맺혔다 떨어지는 일이 수도 없이 반복되면서 석순이 싹을 트고 종유석은 소리 없이 자랐다. 물에 젖은 바위가 자기와 닮은 새끼 돌을 만들어가는 기적의 현장이다. 그 중에 조각품을 연상케 하는 돌기둥이 제일 멋있게 보인다. 천장에서 내려온 물방울은 위에서, 바닥에 떨어지는 물방울은 아래에서 자라면서 둘은 약속이나 한 듯 중간쯤에서 만나 하나가 되었다. 한 치의 오차도 없이 원형 뿔을 아래위로 딱 맞추었다. 간혹 바닥에 뿔처럼 외롭게 돋아난 석순도 있고, 천장에서 내려오다 물이 메말라 돌고드름이 되어 을씨년스레 보이는 것도 눈에 띈다. 석회석을 머금은 물방울이 지나간 자리는 갖가지 형상으로 지하에 커다란 조각공원을 만들었다. 사람들은 기묘한 모양을 따라 삼봉바위, 사천왕상, 망부석 따위의 이름을 붙였다.

물방울의 위력은 참으로 대단하다. 바닥의 흙을 파내는 건 기본이고 작은 돌에 구멍을 내고 심지어는 바위도 뚫는다. 하지만 한두 방울로 어찌 이런 일을 해낼 수 있겠는가. 목적을 이루려는 놀라운 집중력과 눈물겨운 정성이 바탕이 되어 시간에 얽매이지 않은 인내와 끈기가 있기에 가능한 일이다. 그들의 의지력은 웬만한 사람은 흉내조차 낼 수 없다. 사형수 앞에서 독극물이 든 용기의 물을 한 방울씩 떨어뜨려 토끼가 죽는 모습을 보인 후 사형수에게 독이 들지 않은 순수한 물을 머리에 계속 떨어뜨렸더니 긴장감이 극도로 달해 결국에는 사망했다는 실험 결과도 있지 않은가.

무엇이든 큰일을 해내려면 작은 것부터 시작해야 한다. 쏟아지는 빗물도 수증기가 모인 물방울에서부터 비롯된다. 계곡물은 빗방울이 하나 둘 모여서 생겨나고, 강물은 계곡에 흐르는 물이 한 곳으로 어우러진 것이다. 물레방아는 칸칸에 쌓이는 물의 무게를 견디기 어려워 고인 물을 차례로 쏟아내고, 연잎에도 물방울이 하나씩 모이다보면 고개를 나풀거리며 아래로 물을 흘러 보낸다. 시작이 없으면 끝도 없고 시작이 올바르고 과정이 충실하면 놀라운 기적도 거뜬히 이루어내는 세상 이치다.

나는 물방울이 넘쳐 주르르 흘러내리는 것보다 하나씩 떨어지는 게 보기 더 좋다. 나뭇가지에 스며든 빗물이 동그란 방울 모양을 하고 함초롬히 맺혀 있다 떨어질 때까지의 기다림이 좋고, 바위틈에 생긴 고드름이 녹아 물방울이 되는 따스한 기운이 나는 좋다. 하지만 때로는 물방울이 여인네의 뭇 가슴을 에이게도 한다. 집을 떠난 연인이나 남편을 기다리며 낙숫물 소리에 애간장이 타는 모습을 옛 시에서 흔히 엿볼 수 있다. 비오는 날 처마 끝에서 떨어지는 빗방울은 여인의 눈물방울이었고, 빗방울 소리가 추적거리는 빗소리와 겹치면 임이 오는 발자국인 양 방문을 살며시 열어 보며 긴긴 밤을 눈물로 지새웠으리라.

물방울 중에 가장 아름다운 건 눈물방울이 아닐까 한다. 그 모양과 색깔도 제각각이다. 어린 아이의 눈물은 오직 자기 욕구가 차지 않아 칭얼대며 나는 것이니 아직은 순수하여 투명한 색이고,

어렵게 시험에 합격한 청년의 눈물은 회한과 기쁨으로 가득한 푸른색을 띨 듯싶다. 어른의 눈물은 모진 풍파를 이겨낸 회색빛 눈물이고, 어머니의 눈물은 자식 사랑과 인내의 끝자락을 흐르는 단내 나는 눈물일 것이다. 물 한 방울이 더없이 소중할 때가 있다. 오랜 시간 고였다 떨어지는 물방울은 목마른 자에게 위안이 되고 상상할 수 없는 힘과 용기를 준다. 탄광 막장에 갇힌 광부가 물방울을 먹으며 수십 일을 버티고, 태국 소년들이 동굴 속에 고립되어 종유석에 달린 물을 마시며 귀한 생명을 지켰다.

동굴 천장을 적시고 있는 물은 차례를 지키며 방울이 되어 떨어지기를 기다리는데 그 아래 서 있는 나는 바라보기조차 힘들다. 나의 인내의 한계는 어디까지인가. 나에게도 과연 그만한 정성이 있던가. 물방울 하나보다 낫지 못할 바에는 차라리 동굴 바닥의 나지막한 석순이 되어 물방울이 내려오기를 기다리는 게 나을 터이다.

구절초 사랑

가을에 눈이 내렸다. 정읍 산내의 개울가, 소나무가 우거진 동산에 하얀 눈이 내렸다. 큰길을 따라 달리는 차창 너머로는 분명 눈처럼 보였다. 멋쩍게 서 있는 키 큰 소나무 사이로 흰색 향연이 온 산을 덮었다. 산 능선에는 햇빛에 반사된 꽃잎들이 아지랑이처럼 아롱거린다.

가까이에서 보니 그건 꽃밭이었다. 온 산에 꽃씨를 뿌려놓았다. 하늘에서 하얀 씨를 뿌린 것이다. 그렇지 않고서야 고운 빛이 어찌 그리 선명할 수 있을까. 그 꽃은 바로 구절초였다. 세상의 나무들은 형형색색 단풍 옷으로 갈아입고 가을을 맞느라 분주한데 유달리 하얀빛을 띤 채 한데 어울려 있는 건 무슨 까닭일까. 그 모습이 이채롭고 대견스러워 그들 앞에 쪼그리고 앉아 꽃잎을 만져보고 카메라에도 담아보았다. 스무남은 개는 됨직한 이파리가 바람

개비처럼 동그랗게 뻗어있고 그 안에 주홍색 꽃술이 가득하다. 세상을 순수하고 정결케 하여 금빛 보물을 여무는 따뜻한 구절초의 마음이 전해온다.

구절초에는 하늘에서 내려온 선녀의 사랑이 꽃으로 피어났다는 전설이 있다. 선녀가 꽃을 너무나 좋아하다 지상으로 쫓겨 내려와 동네에 살던 시인과 사랑을 하게 되었는데, 고을 원님이 강요하던 수청을 거부하자 갖은 고초를 당해 병이 들어 앓다가 죽었다. 꽃은 그 선녀의 넋이 피어난 것이기도 하고, 사랑하는 이에 대한 그리움일 수도 있다. 어쨌든 절개의 의미를 지닌 천상의 꽃인 건 분명하다.

구절초의 꽃말은 '어머니의 사랑'이다. '들국화'라는 이름으로 우리들에게 친숙한데, 봄이면 동네 개울가나 들에 많이 피어 있어 늘 가까이에서 우리를 지켜주는 야생화의 한 종류이다.

구절초는 모든 게 약으로 쓰인다. 꽃은 말려서 차로 마시면 몸이 따뜻해지고, 뿌리는 다리 아플 때 쓰고, 잎과 줄기도 기관지와 위장을 보호해 준다. 꽃은 따서 술을 담기도 하지만 줄기와 잎에 달린 채로 달여 약재로 쓰기도 한다. 기침감기와 두통에도 도움을 주고 염증 치료나 면역력 보강에도 좋다고 하니 자식 키우는 어미의 마음처럼 온몸을 희생하여 온갖 병을 보살핀다.

구절초는 원래 다섯 마디였던 줄기가 음력 9월 9일이면 아홉 마디가 된다고 하여 붙여진 이름이다. 줄기가 아홉 구비를 넘으며 얼마나 많은 고초를 견뎌냈을까. 꽃을 피우는 일념이 아니었다면 그토록 강인하게 살아가지 못했으리라. 마디마디로 줄기가 올라갈 때마다 서리와 바람, 이슬을 머금고 모진 풍파 이겨내며 하얀 꽃을 피워내는 가을꽃, 은은한 향기와 단아하고 청초한 자태는 어머니의 모습과 많이 닮았다. 꽃길이 산기슭에서 시작되어 등성이와 산 너머로 깊고 길게 나 있지만 자꾸만 더 멀리 가보고 싶은 까닭도 어머니 품속 같은 포근함이 깃들어 있기 때문이다.

구절초는 혼자도 예쁘지만 모여 있으면 더욱 아름답다. 꽃들이 길을 따라 걷고 있는 나를 바라보느라 여념이 없다. 그리움이 깊어 목이 그리 길어졌던가. 가냘픈 허리로 서 있기도 힘들어 서쪽에서 하늬바람 한줄기 불어와도 하늘거리며 금세 땅으로 내려앉을 듯한데 한결같이 고개를 꼿꼿이 들고 있다. 꽃송이는 선생님이 "아는 사람!" 하면 손을 들고 자기를 시켜달라며 활짝 편 어린 아이들 손바닥 같다.

구절초를 대전 인근의 장태산 기슭에서도 보았다. 주차장 가장자리에 줄을 지어 피었는데, 숲속에 조성된 야생화 정원에도 하얗게 피었다. 이곳에도 구절초의 사랑이 전해졌는가. 어린 아이들이 정원 옆 들마루 위에 옹기종기 모여 앉아 음식을 먹고 있었다. 아마 점심시간이었나 보다. 서로의 입에 넣어 주며 맛있냐고 물어보기도 하고, 자기는 아까 먹었다고 자랑하는 아이도 있다. 오물거리는 모습이 앙증맞기 그지없다.

통기타 가수가 부르는 〈낭만에 대하여〉의 곡조에 따라 아낙네들이 춤을 추며 장단을 맞춘다. 꽃향기에 취한 데다 음악이 흥에 겨웠나 보다. 그 옆으로 소나무 두 그루가 어깨동무를 하고 덩실거린다. 소나무와 구절초의 어우러짐은 한 폭의 그림 같다. 꽃향기가 솔향기를 머금은 걸까, 솔향기가 꽃향기를 품은 걸까. 굴곡진 소나무를 배경으로 두 향의 어울림이 온 산에 가득하다.

산책길이 끝나는 마당에 꽃송이 모양의 하얀 메모지가 초록색 게시판에 빼곡히 붙어 있다. 모두가 꽃밭에서 행복을 느끼며 가족이나 연인들이 서로 깊이 사랑하자는 소망을 담고 있다. 이게 바로 구절초가 만발한 이유이자 보람이 아니겠는가. 시인 김용택은 그의 시 〈구절초꽃〉에서 '구절초꽃 피면은 가을 오고요 구절초꽃 지면은 가을 가는데'라고 노래했다. 구절초가 활짝 핀 이 계절에 꽃이 쉬 지지 않고 오래 피어있기를 바라는 것은 가을을 사랑하는 모든 사람들의 한결같은 마음이리라.

오늘따라 맑은 밤하늘에 달빛이 유난히 밝다. 지금쯤 저 달빛이 산내 마을의 구절초 꽃밭에 하얗게 부서져 내려앉아 밤을 지새우며 꽃들과 사랑을 나누고 있을 게다. 그런 구절초를 내가 사랑하게 된 까닭은 어머니에 대한 사무친 그리움 때문일까.

생각

사람은 생각의 노예다. 자신이 원하는 대로 생각을 이끌기도 하지만 때로는 생각에 지배를 당하기도 한다.

파스칼은 '인간은 생각하는 갈대'라 했다. 생각할 수 있기에 인간은 다른 동물보다 우월한 지위를 가진다. 인류의 지혜가 모여 새로운 역사가 창조되고 문명이 발달해왔다. 탁월한 생각을 하고 이를 실천하는 자가 시대의 영웅이 되기도 하고, 정치적 리더의 잘못된 생각으로 한 나라가 멸망하거나 수많은 사람들이 고초를 당하는 예도 있었다.

생각은 우리 인생에서 참으로 중요하다. 법구경에는 '오늘은 어제의 생각에서 비롯되었고 현재의 생각은 내일의 삶을 만들어간다.'고 했다. 어떤 생각을 가지고 어떻게 살아가느냐에 따라 삶의 질과 방향이 바뀐다. 자신이 행복하다고 생각하고 그렇게 말하면 진짜 행복해진다거나, 모든 질병은 마음에서 오는 것으로 마음과 생각을 바르게 하면 질병이 사라진다는 말이 설득력을 가진다. 이처럼 생각은 행복의 시작일 수도 있고 불행의 씨앗이 되기도 한다. 진정한 회개도 생각을 완전히 바꾸어 자신이 죄인임을 고백함으로 이루어지는 것으로, 회개가 성화(聖化)의 길로 가는 출발점이 된다.

그러면 마음은 무엇인가. 마음은 생각의 바탕이자 생각의 흐름에 따라 움직여지는 것이니 마음과 생각은 동전의 양면처럼 긴밀히 연결되어 있다. 시인 윤동주도 '내 인생의 가을이 오면 나는 내 마음의 밭에 좋은 생각의 씨를 뿌려 좋은 말과 좋은 행동의 열매를 부지런히 키워가야겠다.'고 읊었다.

마음에서 오는 생각의 차이에서 근심 걱정이 생긴다는 우화가 있다. 모든 사람은 제각기 십자가를 지고 산다. 하나님은 같은 무게의 십자가를 주지만, 행복하게 웃으며 가볍게 안고 사는 사람도 있고 고통스럽게 여기며 쇳덩어리처럼 무겁게 짊어지는 사람도 있다. 고통의 무게는 똑 같지만 생각에 따라 기쁨의 대상이 되거나 세상 근심을 혼자만 겪는 듯 힘들어하기도 한다.

그런데 생각 때문에 큰일을 놓치기도 하고, 잠을 이루지 못하거나 생각에 얽매여 괴로움을 당하는 경우도 있다. 나는 수필을 쓰면서 참으로 많은 생각을 했다. 소재를 발견하고 주제 의식에 몰입하다 하나의 글이 완성되면 희열을 느끼고 진정한 행복을 누렸다. 하지만 시나브로 생각의 노예가 되어 생각이 나를 이끌어간다는 불안감이 들기도 했다. 생각의 우물에 깊이 빠져서 지낼 때도 종종 있었다. 잠자리에 들거나 아침에 잠이 깼을 때 생각 때문에 벌떡 일어나 메모를 하기도 하고, 메모를 하다 다른 생각이 들면 그것을 기록하느라 잠을 설치기도 했다.

생각도 습관이다. 생각을 게을리 할 수는 있어도 생각 없이 살 수는 없다. 하지만 생각이란 생물과 같아서 생각을 하면 할수록 더 깊고 많은 생각으로 이어진다. 나는 때로는 생각의 굴레에서 해방되고 싶어 좋아하는 음악을 듣거나 명상을 한다. 하지만 그때마다 천 갈래 만 갈래 생각이 쉼 없이 이어졌다. 휴대 전화기에도 자꾸만 손이 갔다. 잠시도 쉬지 못하고 생각 속으로 빠져드려는 습관 때문이다. 아무것도 하지 않고 가만히 있으면 바보가 되는 느낌이 들었다. 그러고 보니 휴대 전화기가 생각의 노예로 이끄는 또 다른 원인 제공자인 셈이다. 이런 모습은 나만의 문제는 아닌 것 같다.

서울 한강변에서 '멍 때리기' 대회가 벌어진 적이 있다. 멍 때리기는 명상과 다르다. 명상은 어느 한 가지에 집중하여 다른 생각을 없애고 마음에 평안을 찾는 것이라면 멍 때리기는 아예 집중하는 대상 자체가 없다. 아무 생각 없이 머리를 비우고 멍해진 상태에 있는 것이다. 어린 초등학생이 우승했다. 단순하고 욕심 없이 오직 하고자 하는 의욕만이 우승의 밑거름이었다. 생각이 많고 욕심에 시달리며 성공과 실패를 거듭해 본 어른들은 마음을 완전히 비우는 게 그리 쉽지는 않은가 보다. 하여간 그렇게라도 해서 생각에서 해방되고 싶은 게 사람들의 속마음이 아니던가.

티베트 사람들에게는 행복이라는 감정이 없다고 한다. 있으면 있는 대로 없으면 없는 대로 살아간다. 모자람이 없으니까 불행이 없다. 불행이 없으니까 행복감도 없다. 그들은 아무런 생각 없이 살아가는 듯 해보이지만 어쩌면 가장 순수하고 현명한 삶의 방식일 수도 있다.

생각을 수시로 멈추기도 하고 행복한 생각만 하면서 단순하게 살 수는 없을까. 생각에서 완전히 자유로울 때는 언제 오려나.

자동차 물결 속에서

내가 사는 아파트는 큰길에 가까이 있어 창문을 열면 자동차 다니는 소리가 제법 크게 들린다. 베란다에서 내려다보면 도로가 마치 자동차 경기장 같다.

논두렁 사이로 빗물이 쏟아지듯 빗길에 자동차들의 움직임이 거침없다. 차창은 꼭 닫혀 있고 달리는 소음만 끊임없이 이어진다. 다가오는 차량은 백색 조명등을 켜고 눈을 부라리며 달리고, 맞은편 차들은 뒤쪽에 붉은 불빛을 달고 가는 데 마치 화가 난 짐승들 같다. 지들에게 무슨 사연이 있어 저리 딜리는 길까. 자동사 물결 속에서 인간들의 정과 사랑은 찾을 길 없고 야속한 속도 경쟁만 있을 뿐이다. 조금 전 외출 갔다 돌아오는 길에 나도 저 무리 속에 있었는데 지금은 딴 세상처럼 보인다.

길에서 마주치는 사람들도 서로 본체만체 하는데 자동차들은 오죽하겠는가. 서로가 적이고 성가신 상대일 뿐이다. 기계의 문제가 바로 이런 게 아닌가. 사람들은 차만 타면 마치 기계 인간처럼 운전자와 자동차가 한 몸이 되어 버린다. 인간 사회에서 인간성이 상실되는 삭막한 현장이다. 보이지 않는 공간에서는 자신을 속이고, 양심을 버리고, 정감도 없어진다. 그래서 자동차끼리는 서로 욕설이 먼저다. 언제든 포효하려고 웅크린 사자들 같다. 하지만 어떠한 환경에서든 사람이 선한 본성을 지키는 것 또한 인간다운 참 모습이다. 자동차 안이라고 달라질 건 없다.

자동차의 소음과 매연이 싫어 주민들이 시청에 민원을 내고 소음저감 시설을 끈질기게 요구하더니 마침내 해결을 보았다. 몇 달 전부터 도로에 공원화 사업이 진행 중이다. 양쪽 길 위로 덮개를 만들어 그 아래로 차량들을 지나가게 하고, 덮개 위에 흙을 덮어 정원을 꾸민다고 한다. 이제 수년 지나면 자동차 물결은 터널 안으로 들어가고, 소음도 함께 묻혀 버릴 것이다.

하지만 자동차를 터널 안으로 밀어 넣는다고 모든 게 해결되는 건 아니다. 자동차 소리가 시끄러우면 소음을 줄이는 장치를 개발하고 도로를 저소음 물질로 바꾸면 된다. 덮개를 씌우면 바깥은 잠잠해지겠지만 그 소음이 어디를 가겠는가. 터널 안에는 조그만 소리도 크게 들리는 법이다.

우리의 문명은 놀라운 속도로 발달하여 모든 것이 편리하고 풍족해졌다. 하지만 그 이면에는 너무나 많은 부작용이 생겨 해결하려면 더 큰 비용이 든다. 얼마나 아이러니한 일인가. 그래서 정부 정책은 점점 어렵고 복잡해지고 법과 제도는 군더더기가 되고 만 다. 빈부 격차를 줄이려고 정부가 시장 질서에 개입하면서 새로운 규제가 생기고 조세범들이 판을 치는 세상이다.

루소는 일찍이 '자연으로 돌아가라'고 했다. 그는 사회 제도의 틀에 갇혀 자유와 평등권을 상실한 인간들에게 하늘이 내린 원래 의 인간성을 회복하자고 주장했다. 하지만 그런 사회로 돌아가기 에는 인류 문명은 너무나 멀리 와 있다. 싫든 좋든 사람들은 스스 로 만든 제도의 틀 속에서 적응하며 살아야 한다. 그런 사회가 싫다면 아웃사이더(outsider)나 은둔자로 살아갈 수밖에 없다.

미국 애리조나 주에 '썬 밸리(Sun Valley)'라는 동네가 있다. 소 위 '노인들의 천국'으로 불릴 정도로 도시를 노인들이 생활하기에 편리하게 만들었다. 자동차 속도를 제한하여 거리에 소음이 없고, 뒷골목 어디에도 노점상과 노숙자가 보이지 않는다. 의료 기구와 편의시설도 잘 갖추었다. 그런데 문제는 노인들 중에 치매 환자가 많이 생겼다는 것이다. 그 이유는 걱정거리가 안 생기고 생활에 변화가 없으니 스트레스 해소 능력이 떨어지고 면역력이 상실된 까닭이었다. 마침내 노인들은 원래 살던 마을로 돌아가고 있다고 한다. 자신의 문제를 해결하려고 고민하고 다른 사람과 갈등하면 서 사는 게 건강을 유지하는 비결인 셈이다.

인간은 사회적 동물이다. 홀로 사는 것보다 주변 사람들과 어울리면서 변화하는 환경에 순응하며 살아야 잘 사는 것이다. 자동차 소음도 마찬가지다. 비록 부작용이 생기고 불편한 게 있어도 그것이 어쩔 수 없는 현실이라면 기꺼이 받아들이고 즐길 뿐이다. 견디기 어렵다면 근본으로 돌아가 문제를 개선하려고 노력하면 될 일이다.

　오늘따라 집 옆으로 지나가는 자동차들이 어우러져 경주를 즐기는 느낌이 들고, 도로공사 소리에 섞인 자동차 소음이 정답게 들리는 건 나의 마음과 생각의 기준을 새롭게 바꾼 까닭일까.

05

그
루
터
기

인간은 자신이 갖지 못한 것을
가지고 싶어 하는 습성이 있다.
그 욕심 때문에 겪는 고통에서 벗어나기 위해
구원의 소망을 갖거나 해탈의 경지에 이르려 애쓰기도 한다.
이것은 감사하는 마음이 부족하기에 생기는 일이다.
자신의 필요를 채우려고 헤매다보면
정작 소중한 것들의 존재 가치를 망각하기 쉽다.
어느 사상가의 말처럼
우리는 가지지 못한 것을 소유하는 것보다
가진 것을 잃게 되는 결과에
더 많은 관심을 기울여야 한다.
– 본문 중에서

수평선

바다에는 어디를 가나 수평선이 있다. 수평선은 그리움과 기다림, 만남과 이별, 사랑과 눈물의 상징이다. 가수 이미자가 부른 〈기다리다가〉에는 다음과 같은 가사가 나온다.

아득한 수평선에 가물가물 흰 돛대/ 행여나 임이실까 기다리던 임이 / 저 배로나 오실까/ 나 여기 혼자서 바닷가에서/ 아 임이여 기다리다가 이대로 기다리다/ 돌이 되어도 한이 없다오

바닷가에는 망부석(望夫石)이 제법 많다. 부산 태종대에는 왜구에 끌려간 남편을 애타게 기다리던 바위가 있고, 제주도 서귀포에는 고기잡이 나간 할아버지를 기다리던 할머니가 망부석이 되어 오늘도 망망대해를 향해 두 손을 모으고 서 있다. 그들은 온몸이

돌이 되기까지 희망을 버리지 않고 사랑하는 임을 기다리며 넋을 놓고 수평선을 바라보았다. 한편으로 일본에서 죽음을 맞은 신라의 충신 박제상의 아내에게는 아무리 기다려도 임은 오지 않는 절망적이고 야속한 수평선이었을 터이다. 망부석을 바라보는 나의 눈에 맺힌 눈물 한 방울은 더 이상 눈물도 아니고 슬픔도 아니다.

바다를 즐겨 찾는 사람들은 수평선 너머에 무엇이 있을까 궁금해 할 때가 있다. 먼 바다에서 배라도 한 척 올라오면 신기한 듯 바라보며 가까이 오기를 기다린다. 배가 지나 온 수평선 너머의 이야기가 듣고 싶기 때문이다. 항해를 하면서 맞이한 세상살이와 선원들이 이룬 성취감도 흥미로운 일일 것이다.

배를 타고 항해하노라면 수평선은 자꾸만 멀어진다. 수평선에 이르렀다 싶지만 그 수평선은 어느새 먼 바다 끝에 물러가 있다. 다가갈수록 가뭇없이 사라지려는 건 무슨 까닭일까. 게으르지 말고 쉼 없이 도전하라는 자연의 섭리요, 어떤 목표를 이루면 다음 목표를 향해 나아가라는 의미는 아닐까. 그러기에 수평선은 한계를 넘어 더 나은 세상을 맞는다는 희망의 상징이다.

수평선의 끝은 육지다. 배를 타고 가다 배가 육지에 닿아야 수평선은 끝난다. 하지만 지나온 자리에는 수평선이 수도 없이 다시 생긴다. 바다는 수평선을 만들고 없애는 일을 끝없이 반복하는 시시포스와 같은 존재랄까. 수많은 어선들이 어부를 태우고 쉼 없이 수평선을 넘나든다. 생존을 위해서는 반드시 넘어야 하기에 그들에게 수평선은 생명선이요 밝은 미래로 가는 경로이다. 물고기와 갈매기도 수평선에서 산다. 수평선을 떠나서는 살 수 없다. 섬사람들도 어디를 가나 수평선을 바라보며 산다. 그들에게 수평선은 삶의 소중한 동반자이다. 제주도가 고향인 한 시인은 수평선을 바라보며 현실의 힘든 삶 속에서 실망하지 않고 고통을 이겨나가는 제주도 사람들의 운명적인 삶을 그리고 있다.

> 제주도 사람들은/ 수평선 안에서 산다./ (…)/ 수평선에 갇히어/ 수평선 안에서 살다가/ 수평선 안에서 삶을 마친다./ (…)/ 제주도 사람들은/ 수평선 밖 어디쯤에/ 이어도가 있다고 믿어 왔으나/ 다녀온 사람은 아 무도 없다./ (…)/ 수평선은/ 제주도 사람들의 숙명이다./ 선택이 주어지지 않는/ 한정된 우주이다.
>
> — 양중해, 〈수평선〉

수평선은 해무가 자욱하여 몽환적인 모습을 할 때 제일 아름답다. 흘러가던 구름은 분위기에 젖어 얼굴을 붉게 물들이고 갈매기는 태양을 향해 푸른 날개를 펼친다. 해 뜰 때의 수평선은 새 날을 알리기에 힘을 솟게 하고, 해질 무렵의 수평선은 고된 하루를 마감하기에 한없는 평안을 준다. 나는 북유럽에서 크루즈 여행을 한 적 있다. 차가운 바닷바람을 맞으며 갑판에서 출렁이는 바다를 바라보고 싶었던 건 두려움보다 호기심이 더 컸기 때문이다. 밤에는 어두워 바다와 하늘이 분간하기 어려웠지만 새벽에 먼동이 트고 바다에 붉은 태양이 떠오르면 숨었던 수평선이 서서히 그 모습을 드러내곤 했다. 바다 한가운데서 바라보는 수평선은 더없이 신비롭고 찬란했다.

만약 바다에 수평선이 없다면 어찌될 것인가. 인간은 겸손하지 못하고 자기의 뜻을 끝없이 펼치며 욕심을 부리게 되지는 않을까. 생명이 유한하듯 더 이상 나아갈 수 없는 경계가 있기에 열심히 살려는 의지가 생기고 서로를 아끼고 사랑할 수 있다. 수평선이 있어 사람들은 그 안에서 만족하며 최선을 다 하려는 것이다.

수평선에는 오늘의 그리움과 내일의 희망이 있으니 언제나 아름답다. 나는 요즘 바다에 가면 수평선을 하염없이 바라본다. 이러다 나도 따라 망부석이 되지나 않을지 모르겠다.

그루터기

    내가 즐겨 다니는 산기슭의 건물 뒤뜰에는 아담한 정원이 자리잡고 있다. 거기에는 작은 연못이 있는데, 그 옆으로 벗나무 단풍나무 감나무와 느티나무가 자란다. 뜰로 가는 길에 등나무가 아치형 터널을 하고 있고, 나무들 사이 공터에는 예닐곱 개의 그루터기가 나지막이 둘러앉아 있다. 마치 숲속의 난쟁이들이 백설 공주 이야기를 들으려고 옹기종기 모여 있는 모습 같다.

    그루터기는 다람쥐가 놀다가고 햇볕도 다녀가는 좋은 쉼터가 된 지 오레디. 디운 여름날 신헹하던 등신객들도 길터앉아 짐시 쉬었다 갔을 게다. 그때마다 그루터기는 귀를 쫑긋하고 사람들 살아가는 이야기를 들으며 그들의 마음을 느꼈을 터이다.

    오래전에 그루터기는 가지와 줄기, 열매와 이파리까지 모든 것을 내주고 밑동만 남았다. 그 중에 줄기와 가지는 땔감으로 쓰이거나 산길의 계단 만드는 데 놓이고, 산 아래 경계선에 담을 치는 데도 사용되었을 게다. 이제는 가지와 잎이 무성하여 화려했던 시절은 다시 돌아올 수 없는 추억이 되었다. 못 다 이룬 꿈이 하늘로 올라간 빈자리에서 그들은 지나가는 계절의 아쉬움을 달래며 외롭고 쓸쓸한 모습으로 앉아 있다.

이제 가을이 지나면 다가오는 겨울 이야기를 나눌 차례다. 거추장스런 나뭇잎 털어내던 때부터 매서운 바람 불던 날 오돌오돌 떨면서 나신으로 견뎌내던 일들을 기억하다 몸을 움츠리며 허허로운 웃음을 지을 것 같다. 첫눈 내리던 날 홍시 따던 정원수들이 근처에 피운 모닥불에 몸을 녹이던 행복한 추억도 하겠지.

오랜만에 뒤뜰로 산책을 나갔다. 그루터기 머리 위와 그 주변에 갖은 빛깔의 단풍들이 소복이 내려앉았다. 가을을 지내면서 나무들은 그루터기와 참으로 많은 이야기를 나눈 것 같다. 그루터기들이 외롭고 쓸쓸해 보여 말동무가 되려고 했던 걸까. 어쩌면 붉은색 단풍에는 봄바람에 흔들리며 함께 춤을 추던 추억이, 노란색은 비에 젖어 해맑은 얼굴을 내보이던 이야기가, 주황색은 여름날 햇볕을 받아 부더웠던 기억이, 그리고 연갈색 단풍은 가을을 맞아 적적함을 느낀 이야기들이 담긴 듯싶다. 하지만 나무에 잎이 소복이 달린 걸 보니 아직 할 이야기가 많이 남아있나 보다. 겨울이 오기 전에 못다 한 가을 이야기를 더 들을 수 있겠지만 행여 시간을 놓치면 떨어진 낙엽이 눈 속에 묻혀 보이지 않을 수도 있겠다.

그래도 눈 위에 그들의 겨울 이야기가 쌓일 것이니, 그것을 들으러 이곳을 다시 찾는 것도 즐거운 일일 터이다.

이제 추운 겨울이 지나고 봄이 오면 그루터기의 단단히 여문 껍질을 헤집고 새싹이 움 트는 기적을 나는 소망한다. 그땐 그루터기가 오랜 침묵 속에서 숨겨 둔 사연을 내게 들려주겠지. 무슨 사연이 있을까. 온몸이 베어져 세상에서 버림받았을 때의 저린 마음, 뿌리를 살리려 애쓰던 기억, 다시 태어나면 세상을 위해 살겠다는 다짐을 들려줄까. 암울한 시간을 견뎌내면 기적이 일어난다는 걸 세상에 알리며 자신들이 살아 있음을 뽐내 보일 것인가. 하여간 새싹이 움트면 나도 두근거리는 마음으로 사뿐히 다가가 그들이 이룬 회복의 기쁨을 함께 누리고 싶다.

성경에도 그루터기를 죽은 것 같으나 뿌리는 살아서 싹을 낼 수 있는 것으로 묘사하고 있다. 그루터기는 '거룩한 씨'를 가진 자로서, 순교라는 베임을 당한 자나 심판 받고 멸망했지만 회복할 가능성이 있는 '남은 자'를 일컫기도 하고, 예수 그리스도를 지칭하기도 한다. 예수는 지금도 살아서 '거룩한 씨'로서 세상을 구원하고 인류에게 영생이 기쁨을 주고 있다.

비록 세상에서 철저히 버림 받았어도 용감하게 일어나 기적 같은 새 삶을 살아가는 노부부가 있다. 어릴 때 부모를 여의고 머슴살이를 하거나 식당일과 식모살이를 했고, 장사를 하면서 교통비를 절약하려고 먼 길을 걸어 다녔다. 그러면서 과일 장사 종자돈으로 수백억 원을 모아 전 재산을 대학에 기부하였다. 초등학교도 못나왔지만 그 돈으로 훌륭한 인재를 키우는 데 사용되기를 바랐다. 그들은 이제 세상의 그루터기가 되어 가난한 젊은이들 가슴에 새로운 소망이 파룻파룻 피어나게 할 것이다.

과연 나는 지금까지 누군가를 위한 그루터기가 된 적이 있던가. 앞으로는 어떤 그루터기가 되고자 하는가.

정원의 그루터기를 바라보며 오늘도 새 봄을 기다린다.

어느 화가 이야기

　자신의 성품을 똑 닮은 그림만 그리는 화가가 있다. 그의 이름
은 장욱진 화백이다. 나는 그의 그림 사본 한 점을 가지고 있다.
1978년에 그린 〈가로수〉라는 작품인데 한때 내가 근무하던 학
교 연구실에 걸렸었다. 그림에는 조그만 집을 머리에 인 푸른 나
무 네 그루가 그려져 있고, 나무 사이로 강아지와 소 한 마리가
어린 아이와 그 부모 뒤를 따라가고 있다. 이 그림을 처음 보았을
때는 서먹한 기분이 들었지만 바라볼수록 마음이 평안하고 동심
의 세계로 빠져드는 듯 했다.

　장욱진 화백은 오직 순수함과 정신적 자유를 추구했기에 작고
한 지 십 수 년이 지난 지금까지도 그의 작품은 많은 사람들의
사랑을 받고 있다. 문학이나 예술 하는 사람은 자칫 자신의 치부
를 숨긴 채 스스로를 미화하거나 좋은 점만 대중에게 보이려는

습성이 있다. 그러기에 세간에 회자되는 작품이 나오면 사람들은 작가의 사람 됨됨이를 살피곤 한다. 하지만 그 화가는 달랐다. 그의 작품세계가 그 사람 자체였다. 그는 스스로 "그림이 나 자신이다."라고 말하곤 했다.

정말 그랬다. 그는 젊은 시절 대학에 교수로 재직한 적이 있지만 일찍이 퇴직하고 시골에 화실을 장만해서 오직 그림 그리기에 몰두하였다. 그림도 작은 화폭에 해·산·나무·까치·엄마·아기·가족을 소재로 삼았다. 그의 대표작 중에 나는 〈자화상〉을 특히 좋아한다. 〈자화상〉에는 작가의 삶이 선명하게 그려져 있다. 굽이진 오솔길을 자신이 걸어가고 그 뒤로 강아지가 따른다. 구름 사이로 새 네 마리가 날고 그 아래로 나무가 한 그루 서 있다. 자연 속에서 비록 홀로 걷지만 강아지와 새가 있어 완전 고독은 외롭지 않다고 그는 말한다. 창작의 세계는 자신만의 고독 속에서 이루어진다는 단순한 이치를 이 그림은 깨닫게 한다.

행복이란 웅장하고 거창해야 한다는 건 세속적인 생각일 뿐이다. 오히려 가식 없는 순수한 자유로움이 큰 힘을 가진다. 순수는 모든 예술 활동의 기본이다. 처음 느낀 감동을 있는 그대로, 마음 가는 데로 표현하는 것이 순수함의 시작이다. 순수함은 깨끗한 마음에서 비롯된다. 마음이 순수한 사람은 생각이나 행동에서 은연중에 표시가 난다. 그런 예술가에게는 사람들이 많이 따른다. 세파에 때 묻지 않고 어린아이와 같은 순수성을 추구하는 감정이 있기 때문이다.

　장욱진 화백은 강과 산야를 즐겨 그렸고 새소리와 물소리에 귀를 기울이며 수시로 달라지는 자연의 소리에서 신비로움을 느꼈다. 그는 4호 내지 6호 짜리의 작은 그림을 주로 그렸기에 '작은 것들의 위대함'을 몸소 체험한 화가였다. 우리들의 삶은 사소하고 소소한 것이며 작고 예쁘고 아름다운 것이라고 말했듯 그는 천진난만한 자신의 심상을 화폭에 그대로 담았다. 그러기에 그는 아직도 많은 사람들의 기억 속에 살아 있다. 어느 제자 한 분은 존재 그 자체로서 빛나는 분이라 회상했고, 모처럼 전시장을 찾은 방문객은 "나에게 장욱진은 큰 길 가에 있는 느티나무다. 내가 화가였다면 끔찍하게 따라가고 싶은 분이다."라고 말했다. 어느 애호가의 말처럼 장 화백은 순수와 고독 그리고 열정을 모두 가졌음에 틀림없다.

　"쓰고 가야 한다. 다 쓰고 가야 한다. 인생은 가고 나면 그만이다. 남길 것 없이 다 쓰고 가야 한다." 그는 죽을 때까지 그림에 몸과 마음을 다 바치겠다고 다짐했다. 그러기에 그의 그림에는 순수함 너머 치열함이 엿보인다. 그의 순수성은 치열함을 건디어 낸 결정체인 듯싶다. 모든 창작활동에는 감동의 쓰라림과 치열함이 있고 그것을 표현하지 않으면 견딜 수 없는 간절함이 있어야 한다. 이 화백의 그림은 그런 과정을 거쳐 그 속에 작가 정신과 영혼이 깃들어 있기에 명작이라 할 수 있지 않겠는가.

내가 늘 마음에 두고 있는 수필도 마찬가지다. 작가 스스로의 모습을 고백처럼 보여줄 때 좋은 수필이 된다. 글쓰기도 마음속에 응어리진 탁한 감정을 여과시키는 과정이기에 마지막에는 순수한 결정체만 남는다. 그것이 탈고의 가장 이상적인 모습이다. 장 화백처럼 어린아이와 같이 사소한 것에 감동하고 단순한 것에 재미를 느낄 수 있는 마음이 있으면 글이 더욱 깔끔해지고 담백한 맛이 나지 싶다.

"화가의 존재방식은 오직 그림으로 표현될 뿐이다. 나는 심플하다. 나는 그림을 그린 죄밖에 없다." 장 화백의 말은 글쓰기를 인생 도락으로 여기는 내게 긴 여운을 남긴다. 명작을 내는 건 솔직하고 단순하고 정직한 사람만이 누릴 수 있는 축복이다.

감사

감사는 마음의 평안을 얻고 행복으로 가는 출발점이다. 감사할 줄 알면 사랑하는 마음이 생겨 인생이 더없이 풍요로워진다. 사람들은 감사를 건강과 장수의 비결로 여기기도 한다. 감사는 고맙게 생각하는 마음에서 비롯된다. 아무리 좋은 것이라도 고맙다는 느낌을 갖지 않으면 진정으로 감사하기 어렵다. 하지만 우리는 살아가면서 고마움을 알지 못하고 지내는 경우가 너무나 많다.

산행 중에 산마루에 오르면 전망 좋은 벤치에 앉아 앞만 바라보곤 했는데, 어저께는 문득 고개를 들고 위를 쳐다보았다. 솔방울이 가득한 소나무가 나를 감싸고 있었다. 가지와 솔잎도 무성하여 지난 계절 나를 위해 비바람을 막아주고 서늘한 그늘이 되어주었다. 그런데도 나는 소나무의 고마움을 모른 채 무심히 지냈던 것이다. 세상에는 우리 곁에서 묵묵히 존재하며 도움을 주는 것들이 참으로 많다. 이런 사실을 깨닫는다면 무엇에든 감사하며 살아야 한다.

감사에 대해 생각하노라면 문득 어머니의 사랑이 떠오른다. 사랑은 마음에서 우러나지만 그 수고로운 행위는 손의 베풂으로 나타난다. 노년의 어머니 손에는 세월의 흔적이 이슬처럼 맺혀 있었다. 손바닥에는 어지러운 손금이 깊게 파이고 손등은 굵은 검회색 힘줄이 흘렀다. 나를 일으키고 먹이고 입히신 손이었다. 숱한 고생을 이겨낸 인내와 승리의 증표였다. 어머니의 손은 집안 구석구석에 미치지 않는 곳이 없었다. 구수한 장맛과 깔끔한 밥상, 밭에서 자라는 싱싱한 야채, 따뜻한 연탄불과 목욕물…. 이들 모두가 어머니의 보람이었다. 내 곁에는 늘 어머니가 계셨지만 정작 어머니에게는 어머니가 없었다. 자식 걱정과 자식 사랑이 전부였다. 어머니 안에는 내가 소중히 자리 잡고 있었지만 내 안에는 감사하는 마음보다 어리광 부리는 철부지만 있었다. 생전에 감사한다는 말 한 번 하지 못하고 떠나보낸 게 죄스럽기만 하다.

어제는 둘째 아들에게 "너는 감사를 생각하면 무엇이 떠오르니?" 하니 대뜸 "아비지가 제일 감사해요."라 한다. 왜 그러냐고 했더니 "늘 칭찬해주고 필요할 때 곁에 계시니까요."라고 대답한다. 어릴 때의 나보다 솔직한 내 아들이 더 낫다.

미국의 작가 데이비드 월리스가 쓴 ≪이것은 물이다≫에는 다음과 같은 구절이 나온다.

어린 물고기 두 마리가 헤엄을 치고 있었다. 그 곁을 지나가던 나이든 물고기가 "오늘 물이 어때?" 하고 묻자, 어린 물고기들이 서로에게 물었다. "물? 그게 뭐지?"

이 글에는 우리의 삶에서 가장 중요한 것은 당연하고 흔하지만 볼 수 없고 느끼기도 어려워 쉽게 지나치는 것들이라는 메시지가 담겨 있다. 이 책의 저자는 어느 대학 졸업식 연설에서 당연한 것에 대한 질문을 통해 삶의 의미를 깨우치고 생각하는 방식을 새롭게 하기를 원했다. 하지만 나는 이것을 우리가 어디서나 쉽게 얻을 수 있는 것들의 소중함을 일깨우면서, 그 소중함에 감사할 줄 모르는 태도를 지적하려는 의도로 해석하고 싶다.

사람이 육체와 영혼으로 이루어졌듯 세상은 알맹이와 껍데기에 해당하는 본질과 현상으로 구분되어진다. 그런데 생각이 게으르면 본질을 모르고 또 알려고도 하지 않는다. 우리는 종종 눈에 보이고 이해할 수 있고 자신에게 유익한 것만 보고 듣고 생각하고 좋아하는 속성을 가진다. 하지만 진정 그 대상의 본래 의미를 깨닫게 되면 모든 것을 감사하지 않을 수 없다.

인간은 자신이 갖지 못한 것을 가지고 싶어 하는 습성이 있다. 그 욕심 때문에 겪는 고통에서 벗어나기 위해 구원의 소망을 갖거나 해탈의 경지에 이르려 애쓰기도 한다. 이것은 감사하는 마음이 부족하기에 생기는 일이다. 자신의 필요를 채우려고 헤매다보면 정작 소중한 것들의 존재 가치를 망각하기 쉽다. 어느 사상가의 말처럼 우리는 가지지 못한 것을 소유하는 것보다 가진 것을 잃게 되는 결과에 더 많은 관심을 기울여야 한다. 맑은 공기와 따뜻한 햇볕, 깨끗한 물과 시원한 바람, 사랑과 우정 그리고 건강 따위가 그것이다. 지구는 사람들의 필요를 채우기에는 충분하지만 욕망을 채우기에는 턱없이 부족하기 때문이다.

입춘이다. 아침의 밝은 태양을 바라보며 동네 개울가에서 산책을 했다. 주머니 속의 스마트폰에서 흘러나오는 음악 소리에 갈대가 일어나 춤을 춘다. 계곡물도 졸졸거리며 분주히 나를 따라온다. 나무에 올라앉은 새들이 서로 아침 인사를 나누며 나에게도 "아침 식사는 했니? 벌써 봄인가봐, 저쪽 나뭇가지로 같이 갈까?"라고 인사를 건네는 것 같다. 나도 새들처럼 욕심이나 근심 걱정 없이 오로지 사랑만 하며 살면 얼마나 좋을까.

동네에 장이 선다. 한 가족이 도넛 가게에 천막을 치고, 건너편에는 어물전과 과일전이 들어설 준비로 분주하다. 저들에게는 오늘 장사가 잘 될 거라는 희망이 있다. 내가 행복하니 주변의 모든 것이 행복해 보인다. 일상이 감사다. 감사하는 마음은 행복으로 가는 지름길이다.

진정한 감사는 생활의 유익이나 성취에서 나오는 게 아니라 사소한 것에 대한 만족에서 비롯된다. 과연 나는 누구에게 무엇을 감사하며 사는가.

진실과 거짓

세상에는 진실한 것도 많지만 진실 뒤에 거짓도 함께 숨겨져 있는 경우도 있다.

어느 인기 연예인의 성추문이 언론에서 연일 떠들썩하다. 당사자는 그 의도는 인정하지만 강제성은 없었다고 항변하고 있다. 하지만 세상인심은 그의 말을 믿기보다 스스로 모든 것을 인정하고 처벌 받아야 한다는 쪽으로 기울고 있다. 그는 성품이 바르고 평소에 모범적인 생활을 했다는데, 한 순간의 실수로 자신이 쌓아놓은 금자탑이 무너질 수 있기에 그의 처지가 안타깝다.

예술이나 문학 작품을 감상할 때 작품과 작가의 인간적 품성을 결부시켜 평가하는 것이 과연 옳은 일일까 하는 의문이 든 적 있다. 나의 한 친구는 자기는 수필집이나 시집을 잘 읽지 않는다고 하면서, 그 이유가 글과 사람이 다르기 때문이라 했다. 그 말에 나는 "그런 생각이라면 세상에 읽을 책이 어디 있겠나. 작가의 사적인 측면보다 그의 믿음과 철학을 읽는다고 생각하면 어떨까." 하고 답했다.

예술인이나 문학가들의 사생활을 보는 것과 그들의 작품성을 평가하고 좋아하는 건 별개의 문제가 아닐까 싶다. 그렇지 않으면 작품이나 재능을 있는 그대로 평할 수 있는 게 얼마나 있을까. 그들의 바른 인간성이나 선한 마음을 발견하여 더 좋아할 수는 있다. 하지만 한 사람의 진실 못지않게 재능과 업적도 여전히 소중한 문화적 가치를 지닌다. 특히 문학 세계는 작가 내면의 아름다움을 드러내는 것이니 범법자나 파렴치한이 아니라면 문인들의 작품을 보고 즐기면 될 일이다.

조선 시대 문장가로 알려진 송강 정철이나 고산 윤선도는 그들의 행위만 보면 의외로 비난 받을 일을 했다는 주장이 있다. 정철은 선조 때 역모에 연루된 범죄자의 심문관으로서 가족까지 고문으로 숨지게 한 사건이 있었고, 윤선도도 일부 지역민들로부터 탐관이라는 평을 받은 적이 있다고 전해진다. 하지만 어느 누가 그런 이유를 들어 그분들의 학문과 문학적 위대함을 조금이라도 폄하할 수 있을까.

언제부턴가 남들 앞에 서려면 위치에 걸맞은 옷차림을 해야 한다는 불문율이 생겼다. 대학 교수는 강의실에서 정장을 하고 스포츠 감독들은 더위를 무릅쓰고 경기장에서 넥타이를 맨다. 이 관행은 미국 같은 선진국일수록 여지없이 지켜진다. 사회에서 리더의 자리에 있는 사람은 마음이 정결하고 개인적인 부정이나 흠결이 있어서는 안 된다는 윤리의식 때문이다. 하지만 자기들은 이혼을 밥 먹듯 하면서 대통령이나 국회의원이 성추문에 휘말리면 그것을 용서하지 못하는 게 미국 대중들의 현주소다.

누구나 공(功)과 과(過)는 함께 가지고 있기 마련이다. 그럼에도 공은 제쳐두고 과만 들춰내고 나무라는 것은 너무나 가혹한 일이다. 잘못이 있더라도 그 이유로 모든 것을 부정적으로 치부하거나 쉽게 재단해서는 안 된다. 죄는 미워하되 사람은 미워하지 말라는 말이 있다. 죄를 지었다고 그 사람의 선행이나 사회에 이로운 공적까지 도외시해서야 되겠는가.

미국의 오바마 대통령은 링컨 전 대통령의 추도사에서 "그의 위대함은 자신의 한계까지도 보여주었기 때문이다."라고 술회했다. 오바마의 연설은 링컨의 위대성만 나열하지 않고 인간적 고뇌와 잘못한 부분도 들춰냈기에 호소력이 있었다. 세상에 완벽한 사람은 아무도 없다. 역사의 위인들도 양심을 저버리는 행동으로 괴로움에 시달리던 때가 있지 않았던가. 진실 속에 거짓이니 잘못이 있다고 숨기거나 의기소침할 일도 아니다. 거짓은 실수에 의하거나 진실을 돋보이게 하려는 의도된 가식일 수 있으니, 거짓을 고백할 용기가 있다면 그 사람은 비난의 대상이 아니라 오히려 존경받는 이유가 되기도 한다. 어느 철학자가 말한 대로 링컨이 자신의 한계를 솔직히 인정했기에 대중들은 링컨의 말에 더욱 공감하지 않았을까 싶다.

나도 수필을 쓰면서 나의 진면목을 숨기고 선하고 잘난 부분만 내세우는 건 아닌가 하는 생각이 들 때가 있다. 수필이야말로 현실적 체험을 바탕으로 하는 문학 장르라는 사실에 위안을 삼는다. 수필은 나 자신의 거울이니 있는 그대로를 진솔하게 비추기만 하면 된다. 다만 글의 내용을 포장하거나 자신을 미화하지 않도록 늘 경계하는 게 좋다.

오늘도 내가 드러낸 진실 속에 혹 양심의 가책이 되는 거짓이 숨어 있지나 않는지 절박한 심정으로 되돌아본다.

번제(燔祭)

　　영화 〈항거: 유관순 이야기〉를 보았다. 3·1만세운동 이후 일본 헌병에 체포되어 서대문 형무소에서 1년여 간 옥살이를 하다 방광파열과 영양실조로 순국한 유관순 열사의 마지막 삶을 그린 영화다.

　　유관순은 옥사에서 갖은 고문과 핍박 속에서도 일제와 당당히 맞선 진정한 용사였다. 그녀는 세 평 남짓한 좁은 감방에서 30여 명의 죄수들과 함께 지냈다. 속옷도 없이 옷 한 벌로 사계절을 보내며 다리가 붓지 않으려고 온종일 방을 돌고, 잠도 번갈이 지고, 서로 감싸 안으며 차디찬 겨울을 견뎌냈다. 그녀는 "만세를 시킨 사람은 바로 일본 때문이다."라고 하며 스스로가 죄수임을 거부하였다. "최후의 일인까지, 최후의 일각까지 떳떳하게 외치라."고 하면서 감방에서도 만세운동을 주동했다. 이 영화는 차가운 시대 상황과 조국 독립을 향한 뜨거운 가슴이 한데 어우러진 독특한 구성과, 죽는 순간까지 일제 침탈에 저항한 열사와 그 주변 인물들의 민족의식을 펼쳐 보임으로써 관객들이 숨을 죽이며 감동하기에 충분한 작품이다.

성경에는 '번제(燔祭)'라는 말이 나온다. 구약 시대에는 하나님께 올리는 제사에 살아있는 소나 양을 잡아서 태우는 의례가 있었다. 동물의 피는 속죄(贖罪)의 의미를 가졌고 태우는 것은 그 향기로 하나님을 영화롭게 하는 뜻이 있었다. 그 중에도 번제란 버리는 것 없이 전부를 태우는 제사로 자신의 모든 것을 하나님께 바치는 완전한 헌신과 희생을 상징한다. 그 후 신약 시대로 접어들면서 예수님이 십자가에 매달려 죽으시고 인간의 죄를 대신 지심으로 동물을 죽여 하나님께 드리는 제사는 끝이 났다. 이처럼 번제에는 반드시 희생 제물이 따른다. 십자가를 지고 돌아가신 예수님이 희생 제물이고 십자가는 번제단(燔祭壇)이었다.

역사적으로도 어려운 상황에 처한 민족이나 인류를 구하기 위해 자신의 몸과 마음을 바친 분들이 있다. 아프리카 선교사로 노예를 해방시킨 영국의 리빙스턴, 생명을 경외한 의사 슈바이처, 인도의 평화주의자 간디는 고난을 겪는 수많은 사람들을 구제한 위대한 인물들이다. 우리나라에는 안중근·윤봉길·유관순 같은 독립운동가와 시인 윤동주, 김주열·박종철·이한열 등 민주화 운동 희생자들도 당시의 시대적 상황을 극복하고 새로운 전기를 마련하는 촉매제 역할을 했다. 그 외에도 국민의 안전을 지키다 희생된 구조대원과 의인, 전쟁이나 훈련 중에 전사한 군인, 일제에 항거하다 순교한 성직자들이 있다. 그들의 이상은 영원한 생명력을 갖고 지금도 우리 곁에서 살아 숨 쉬고 있다.

어느 목사님 말씀처럼 의로운 자의 죽음은 우리 죄를 대신하는 대속(代贖)의 능력이 있다. 우리는 그들에게 빚진 자의 의식으로 살아야 하고, 다른 사람이 우리를 위해 희생하였듯 우리도 다른 사람을 위해 희생할 수 있어야 한다.

영화 〈항거〉를 통해 우리 곁으로 다가온 유관순 열사는 독실한 기독교 신자였다. 어릴 때부터 고집이 세고 자기주장이 강한 성품을 지녔다. 잔 다르크처럼 나라를 구하고 나이팅게일 같은 천사가 되기를 원했다. 그 소망대로 열사는 죽는 날까지 조국과 민족 사랑의 꽃을 피웠다. 그녀는 인류를 구원하러 이 땅에 오신 예수님을 본받아 조국 독립을 위해 자신의 목숨을 기꺼이 바친 희생양이었다. 일제 탄압에 허덕이는 우리 민족을 지켜낸다는 숭고한 이념의 실천자였다. 그러기에 유관순은 예수님을 닮아 희생과 헌신의 본이 된 현 시대 번제이 표상이다.

올해는 3·1만세운동 100주년이 된다. 순국선열의 넋을 위로하고 그들의 희생정신을 기려 민족의 자긍심을 높이는 뜻 깊은 해다. 이제 그들의 희생이 헛되지 않게 하는 일이야 말로 살아있는 우리들의 책무이다. 하지만 지난 100년 동안 과연 우리는 무엇을 하였는가. 언제까지 그들의 희생을 기억하는 데만 열중하겠는가. 최근 우리 사회에는 국론이 분열되고 좌우 이념 대립이 날로 심각해지고 있다. 조국의 독립을 위한 민족 단합이라는 3 · 1정신은 사라져 가고 자기만 옳다는 목소리가 커지는 상황이다. 그러기에 지금이야말로 3 · 1만세운동의 민족정신을 되새기고 다시 실천할 때다. 우리도 유관순 열사처럼 국가와 사회를 위해 자신을 희생하는 번제의 삶을 살아야 한다. 무엇부터 어떻게 실천할 것인가는 국민 각자의 몫이다.

"왜 그렇게까지 하는 거요?" 감옥에서 단식하던 유관순에게 급식을 넣어주던 한국인 죄수가 물었다. "그럼 누가 합니까?" 열사는 그렇게 대답했다. 이것이 항거요, 자기희생의 실천이다.

눈동자

한여름을 피해 발트 여행길에 나섰다.

러시아 제2의 도시인 상트페테르부르크가 첫 기착지였다. 풀코보 공항 입국장의 출입문이 열리는 순간 수많은 눈동자가 나를 뚫어져라 쳐다보았다. 머나먼 동쪽 나라에서 날아온 단체 관광객들 사이에 낀 나를 기다리고 있지는 않았으련만, 무언가 간절히 바라는 눈빛인 건 분명하였다. 나는 발트 여행 내내 그때 그 눈동자를 잊을 수 없었다. 나에게 꼭 하고 싶은 말이 있어 보였다. 이번 여행온 그 섬뜩한 시선의 근원을 찾는다는 또 다른 의미가 생긴 것이다.

에스토니아로 넘어가기 위해 러시아 국경을 향했다. 길 양쪽으로 피폐한 민가들이 줄을 잇는다. 황무지로 방치되거나 황폐한 땅이 많아 가난한 농민들의 생활상이 엿보인다. 조금 전 첫 여행지로 찾은 화려한 여름궁전과는 너무나 대조가 된다. 러시아는 오래 전 혁명으로 봉건제도가 무너지고 공산주의 정권이 들어섰다. 지금은 사유재산을 인정하고 경제개혁으로 국가 재건을 위해 노력하고 있지만 아직도 어두운 그림자가 곳곳에 숨어 있다.

달리는 차창으로 빗방울이 떨어져 흩날렸다. 잠시 후 하늘이 개었는가 싶다가 금세 또 비가 내렸다. 어젯밤 호텔에 들어설 때만 해도 비가 왔는데 아침에 일어나니 말끔히 개어있었다. 기후는 마치 이 지역에서 일어난 중세시대의 흥망성쇠를 닮았다.

발트 3국은 에스토니아와 라트비아, 리투아니아를 말하는데 모두가 우리나라와 여러 가지로 닮아 있다. 그들은 민족과 종교와 언어는 서로 다르지만 역사적, 문화적, 지리적으로 공동운명체를 형성하며 강대국들의 틈바구니에서 지난 수백 년 동안 독일, 폴란드, 스웨덴과 소련 등 외세의 지배와 독립의 역사를 반복해 왔다. 최근에는 1941년부터 약 50년 간 구소련의 위성국가로서 자유를 억압받고 주권을 상실한 고난의 시간을 지냈다. 그런데 발트 3국은 유서 깊은 전통과 문화유산을 가진 풍요로운 나라들이었다. 도시마다 구시가지의 고풍스러운 유적들은 잘 보존되어 있었고, 성당과 교회는 웅장하고 화려하여 신앙의 영역이 서민들의 생활에 깊숙이 스며있었다. 길거리 악사들의 흥겨운 연주는 도시의 품격을 높였고 현대식 도회지는 경제적 안정의 표상이었다.

6일 간의 발트 여행을 마치고 다시 상트페테르부르크에 도착했다. 성 바오로의 도시이다. 제정 러시아의 수도인 만큼 도시 전체가 유적지였다. 겨울궁전에서 보석으로 가득한 실내 장식과 값비싼 명화로 치장한 화려함의 극치를 보았다. 부강했던 시절의 종교적, 문화적, 예술적 유산을 러시아 국민들은 어떤 시각에서 바라보고 있을까.

이 나라에 들어올 때 공항 입국장에서 보았던 반짝이는 눈동자의 정체를 이제야 짐작할 수 있었다. 그것은 발트 3국에 대한 구소련의 강점기를 재현하려는 건 결코 아닐 것이다. 러시아 제국의 옛 영화를 되찾아 융성했던 문화적, 경제적 풍요를 회복하는 열망이었고, 새로운 차원의 국가 발전을 이루어 온 세상에 보여주고 싶은 소망이었다. 이제 그들이 넘어야 할 과제는 강대국으로서 세계 평화에 기여하고 지배층과 피지배층, 부자와 서민들의 간격을 좁히고 서로가 잘 사는 나라를 만드는 일이 아닐까 싶다.

고독에 대하여

제주 평대리의 '비자림(榧子林)'에서 연리목(連理木)을 보았다. 두 나무가 만나서 하나가 되었는데, 사람들은 이 나무를 '사랑나무'라 부른다. 비자림을 찾는 방문객은 반드시 들러보는 필수 코스다. 그 모습이 신기하기도 하고, 누군가 곁에 있어 연리목처럼 서로 지극히 사랑하며 살기를 바라는 마음 때문이리라.

연리목은 다른 나무와 서로 맞닿아 속살까지 이어져 한 그루처럼 자라는 것으로, 줄기가 붙은 건 연리목이라 하고 가지에서 붙은 건 연리지라 한다. 비자림에는 비자나무 2,500여 그루가 원시림을 이루고 있다. 대부분이 암수 딴 그루로 꽃술이 바람에 날려 수분이 되는데, 바람이 많으면 건조하여 수분이 어려워 열매 맺기가 쉽지 않다고 한다. 그럼에도 이곳에 비자나무가 숲을 이루고 있다니 그들의 노력이 가상하기 이를 데 없다. 이처럼 비자나무의 암수 간에 애타는 교접이 되는 곳이라 숲에 있는 다른 나무들도 비자의 마음을 닮아 연리목이 많아지게 되었나보다. 숲 속에서 혼자 지내기가 그토록 외로워서일까, 아니면 서로를 사랑하는 마음이 간절해서일까.

누구든 혼자 지내다보면 외로워지기 마련이다. 그런데 외롭다고 느끼는 건 누군가 같이 있고 싶다는 의미도 함께 가진다. 요즘혼자 사는 사람들이 많아졌다. 결혼하지 않고 살아가는 젊은이들과 결혼 후 혼자가 된 중년들, 소년가장이나 독거노인들도 늘어나고 있다. 하지만 그들만이 외롭게 사는 건 아니다. 사회 환경이 각박해져 다른 사람과 깊은 정을 나누지 못하면서 살아가는 사람들이 많다. 가족과 같은 공간에서 살지만 각자가 혼자인 가정도 있다. 외로운 사람이 점차 많아지고 있는 것이다.

외로움은 어쩌면 편리함을 추구하다가 얻은 현대인의 만성질환과도 같다. 예전에는 모든 것이 아날로그 식이어서 사람들 간에도 정감이 있었다. 하지만 요즘은 기계가 소통을 대신하다보니 사랑과 우정도 본래의 의미가 퇴색되고 있다. 어머니의 자식 사랑도, 고향이니 친구에 대한 감정도 달라졌다. 그래도 가종 통신망을 통해 인간관계를 유지하고 있으니 그나마 다행스러운 일이다.

나는 공직에서 은퇴한 후 글쓰기에 매진하면서 집에서 멀리 떨어져 있거나 혼자 있는 시간이 늘어났다. 어떤 주제에 몰입하면서 생각을 정리할 일이 많이 생긴 탓이다. 그러다보니 가끔 외로움에 시달리기도 한다. 고독이라는 병을 앓고 있는 건 아닐까 싶기도 하다. 남들과 어울려 지내기보다 나 혼자 노는 게 더 편하고, 시류에 영합하는 줏대 없는 나 자신을 발견할 때도 있다. 그런데 외롭다고 슬퍼할 일만은 아니다. 고독한 사람이 창의적인 일을 더 잘할 수 있다는 사실을 믿기 때문이다.

외로움이나 고독은 둘 다 '홀로 있어 쓸쓸함을 느끼는 감정 상태'를 말하지만, 고독은 때로는 자신의 내면을 들여다보며 삶을 성찰하는 긍정적인 역할을 한다. 이럴 때는 혼자라도 혼자가 아니라는 생각으로 외로움을 느끼지 않는다. 외로움에는 감정의 찌꺼기가 묻어 있지만 고독은 맑고 청아하여 고요 속에 여유와 공명이 있다. 그기에 나는 혼자라도 글쓰기나 사색을 하고 사소한 것에 감동하면서 고독한 시간을 즐긴다는 데 위안을 삼는다.

돌이켜보면 나는 고독할 때 성숙해졌다. 학창 시절 하숙과 자취 생활을 전전하며 혼자 있는 시간이 많아졌고, 나이 들어서는 밤늦은 시간까지 책을 읽고 글을 쓰면서, 또는 성경 속의 하나님 말씀을 묵상하고 깨달음을 얻으려 애쓰면서 생각이 깊어지고 영혼은 맑아졌다. 그러니 내게 고독은 더 이상 치부도 아니고 그렇다고 구차한 사치도 아니다.

고독이라는 가슴앓이를 하고 난 후 나약한 사람들은 우울증에 시달리거나 세월을 한탄하는가 하면 어떤 이는 이를 잘 극복하여 후세에 길이 기억되는 인물이 되기도 한다. 그 선택은 고독이라는 고뇌의 시간을 어떤 마음으로 받아들이고 어떻게 견뎌내느냐에 달려있다. 걸작은 고독 속에서 나온다. 고독한 시간에 음악가는 걸출한 작품을 남겼고 문학가는 불후의 명작을 썼다. 그런 이유로 어떤 사상가가 "고독은 병이 아니라 선물이다."라고 하지 않았을까 싶다.

고독을 각별히 좋아했던 시인이 있다. 꿈과 사랑을 주제로 160여 권의 시집과 수필집을 남긴 조병화 선생이다. 그는 스스로를 고독한 시인이라 칭하면서 평생 고독이라는 순수함을 지켜낸 것을 가장 보람 있는 일이라 했다. '후회 없는 고독'을 즐기며 앞으로도 맑고 순수한 시인으로 남겠다는 포부를 밝힌 바 있다.

어느 강연에서 방청객 한 분이 내게 꿈이 무엇인지 물었다. 나에게 소망이 있다면 많은 사람들이 공감하는 명 수필 한 편 쓰는 거라 답했다. 내 꿈을 이루려면 나 자신을 깊이 성찰하면서 지금보다 고독한 시간을 더 많이 가져야 할 것 같다.

06

노숙자의 꿈

내 마음의 회룡포는 과연 어디일까.
내가 돌아가 편히 쉴 수 있는 곳,
거기는
나를 기다려주는 곳인가 아니면 내가 돌아가고 싶은 덴가.
……
여행길에 우연히 마주친 아름다운 풍경이나
하룻밤을 지낸 외딴 오두막집일 수도 있다.
거기에는 사무친 그리움이 있고
사랑이 있기에 돌아가고 싶은 곳,
외롭거나 분주해도 늘 내 마음이 가는 곳,
간절한 기다림이 있는 그런 곳이리라.
―본문 중에서

12월에

초설(初雪)을 사진에 담았다. 봄에 연분홍색 꽃을 다발로 피웠던 철쭉 가지 위로 밤새 하얀 눈이 내렸다. 사진을 친구에게 보냈더니 나무에 눈꽃이 피었다고 좋아한다. 어디이기에 눈이 왔냐고 해서 대뜸 내 집 앞뜰의 정경이라고 답해 주었다.

올해 12월은 눈으로 시작되었다. 100년 만의 여름 무더위로 인해 올 겨울 추위가 유난히 매섭고 눈이 많을 거라 했었다. 그 예상이 벌써 현실이 되고 있다. 어쨌든 추운 건 걱정스럽지만 눈이 자주 온나기에 서울이 오래 머물기를 은근히 바라본다.

이제 겨울 문턱을 막 넘었는데 아침 산책길에 햇빛에 반사된 목련나무 가지 끝에서 꽃망울을 보았다. 내가 잘못 본 건가. 겨울은 겨울다워야 하고 기온이 조금 올랐다고 금세 봄기운이 감도는 건 생뚱맞은 일이다. 혹한 속에서 새겨진 추억은 고달프기에 오래

간다. 올 겨울에는 어떤 추억이 만들어지려나, 벌써부터 기대가 된다.

12월이면 생각나는 것들이 있다. 눈과 얼음, 동지와 팥죽, 교회 종소리, 겨울 산과 겨울 바다, 기러기 떼의 비상…. 이 모두가 12월이 내게 준 추억의 선물이다. 때로는 쓸쓸하고 적막한 느낌이 들어도 사랑이 있고 정이 넘쳤다. 요즘은 새해가 시작되어 새 마음을 품은 게 엊그제 같은데 어느새 12월이다. 나머지 달은 간간히 내리는 빗방울과 떨어지는 나뭇잎과 함께 소리도 없이 쏜살같이 지나갔다. 세월에 바퀴가 달려있어 시간에 가속도가 붙는가 보다. 인생도 같은 이치가 아닌가. 젊은 시절보다 나이 들수록 시간은 점점 속도를 내며 달린다.

12월은 세월의 향기가 깊고 넓다. 지나온 계절의 흔적이 시간의 끝자락에 머물러 켜켜이 쌓여가기 때문이다. 12월은 지난 시간을 돌아보며 침묵하고 사색하는 자성(自省)의 시간이다. 거둔 열매에 감사하며 쉼을 찾는 안식의 달이요, 희망찬 봄을 기다리는 소망의 달이다. 사람들이 생활의 편리를 위해 영겁의 시간을 하루와 한 달 그리고 한 해로 나눈 것에 불과하지만, 해마다 12월이 되면 자신은 무심한 세월을 한탄하면서도 남들에게는 올해 마무리 잘하라고 덕담을 한다.

12월이면 어김없이 어머니가 해 주신 팥죽 맛이 그리워진다. 동지 하루 전날 저녁이면 팥죽 끓는 냄새가 온 집안을 훈훈하게 달구었다. 어머니가 삶은 팥을 솥에 한가득 넣고 휘휘 저으며 풀어지기를 기다리는 동안 우리 형제들은 옹기종기 둘러앉아 새알심을 만들었다. 팥죽이 보글거리며 연탄불 위에서 제 모습을 드러내면 나는 어머니가 시키는 대로 새알심을 한 모금 입에 넣곤 했다. 그땐 세월이 늦게 가는 걸 답답해하며 나이를 얼른 먹어 중학교에 입학하기만을 기다리던 시절이었다. 그래서 여러 개 먹으면 나이가 한꺼번에 들 거라는 생각으로 새알심만 잔뜩 골라 먹은 적이 있다. 우리는 달콤하고 고소한 팥죽을 크리스마스가 지나고 해가 바뀌기 직전까지 먹었다. 팥죽이 담긴 솥이 바닥을 보일 즈음에는 어느새 한 해가 다 지나고, 그토록 기다리던 새해가 여지없이 밝아 오곤 했다.

그동안 수도 없는 12월이 달력의 마지막 장을 그리며 지나갔고, 나이는 한 번도 쉬지 않고 한 살씩 늘었다. 지난 한 해가 허송세월로 보낸 듯싶어 서글퍼지고, 나이 먹기만 기다리던 어린 시절이 새삼 그리워지기도 했다.

내가 사는 동네 산기슭에 아담한 호수가 하나 있다. 호수 주변으로 산책길이 나 있고, 길을 따라 가로등 불빛이 호수의 잔물결 위에 아른거린다. 헨리 소로우가 바라본 '월든'이라는 호수를 꼭 닮았다. 아니, 자연 속의 소박한 생활을 사랑하던 소로우가 그린 사유의 세계를 내가 닮고 싶었는지도 모른다. 호수의 고즈넉한 정적을 깨우지 않으려고 달은 달무리 속에 숨고, 한쪽 기슭에 오리

떼가 불빛을 따라 한가로이 노닌다. 호숫가의 모든 것이 한 해가 저무는 세월의 길목에서 나름의 개성과 가치를 소중히 간직하고 있다. 지난 한 해 이곳을 찾은 사람들이 풀어놓은 갖가지 사연들이 깊이 잠겨 있기에 호수는 그만큼 성숙해진 듯하다. 이 호수도 새해를 맞으며 새로운 계획과 소망들로 채워나갈 것이다.

어느 시인은 12월이 가장 잔인한 달이라 했다. 12월이 없으면 새해가 오지 않기에 새해를 맞으려면 싫든 좋든 12월은 지나야 한다. 그런 이유로 지금은 이루지 못한 것을 한탄만 할 게 아니라 더 나은 시간을 준비하며 마음을 새롭게 할 때이다. '감옥의 시인'이라 불리는 터키의 나짐 히크메트는 〈진정한 여행〉에서 '가장 훌륭한 시는 아직 쓰이지 않았다/ 가장 아름다운 노래는 아직 불리지 않았다/ 최고의 날들은 아직 살지 않은 날들 (…)'이라 했다. 비록 암울한 시간 속에서도 희망을 잃지 않은 시인의 마음처럼 다가오는 새날을 기쁨으로 맞이하자.

새해를 기다리며 더욱 성숙해지고 싶었던 어린 시절의 내 잔영이 호수의 물결 위로 아련히 떠오른다.

종소리

　가평 북배산 개울가에 자리 잡은 산방(山房)에서 가을을 맞았다. 아침 산책을 하러 산 아래 과수원 모퉁이를 지나다가 귀에 익은 종소리를 들었다. 산방의 식당에서 나는 소리다.

　식당은 숙소 오른편에 따로 지은 건물 안에 있다. 건물 처마 끝에는 귀엽게 생긴 종이 하나 매달려 있는데 갈색 빛이 낡아 보여 꽤 오래된 골동품 같다. 종의 안쪽에는 철사 줄이 길게 내려와 있고, 줄 아래에 백 원짜리 동전 크기의 납덩이가 붙어 있어 그런대로 산방 분위기에 잘 어울린다.

　주방에서 식사 준비가 끝나면 여지없이 종소리가 울린다. 그 소리는 시장기 때문인지 오늘따라 퍽이나 아름답고 경쾌하다. 종소리는 굽이진 길 너머 아랫마을에까지도 들리는데, 소리를 들으면 종을 치는 사람이 누구인지 또 그 사람의 성품까지 짐작할 수 있다. 식당 일이 힘들어도 항상 즐거운 주방 아주머니가 칠 때는 '땡 때댕' 경쾌한 소리가 나고, 종을 구해서 직접 단 촌장님은 능숙하게 '땡땡땡' 소리를 세 번씩 반복한다. 늘 하는 일이 분주한 원장님은 '땡땡 땡땡' 소리를 주로 낸다. 종을 치는 것도 요령이 있어 줄을 안쪽 앞으로 힘껏 당겨서 쳐야 소리가 제대로 난다.

내가 처음 종소리를 들은 건 초등학교 수업 시간이었다. 사환이 교무실 바깥에 달린 큰 종을 리듬에 맞추어 망치로 두드려서 냈는데, 그 소리는 학교 운동장 끝 모퉁이까지 들릴 정도로 멀리 퍼졌다. 종소리 중에 첫 수업 시간이 끝날 때 치는 소리는 친구들과 놀이를 해도 좋다는 신호로 들렸고, 2교시 끝날 때 종소리는 당연히 도시락 까먹는 소리로 여겼다. 3교시에 치는 건 조는 사람 잠을 깨우는 소리이고, 4교시 점심시간을 알리는 종소리는 배가 고프면 군것질하라는 표시였다. 6교시 끝나는 시간에 치는 종소리는 이제 수업이 끝났으니 청소하고 집에 가도 좋다는 신호였다.

종소리는 세상을 이롭게 하고 어떤 역사적 사실을 일깨우거나 사람들에게 특별한 감동을 주기도 하지만, 때로는 약속의 의미를 가지기도 한다. 그런 소리는 치는 사람이나 듣는 사람 모두가 지켜야 하는 규칙과 같은 것이다.

산방의 종소리는 하루 세 번 식사 시간에만 울린다. 만약 다른 시간에 종소리가 들린다면 사람들은 의아해 할 것이고, 종소리에도 식당에 오지 않는 사람이 있으면 '무슨 일이 있나?' 하고 다른 이들이 걱정을 하게 된다. 그렇다고 종을 다시 치지는 않을 것이며, 그 시간이 지나면 오지 않은 사람은 식사를 못하게 된다. 우리가 스스로 정한 약속을 지키지 않아 공동체 안에서 관계가 무너지거나 서로에 대한 신뢰가 떨어지는 경우가 종종 있다. 그럴 때는 상대방을 소중히 여기고 우리들의 마음가짐과 행동을 새롭게 하는 청명한 종소리가 절실해진다.

약속 중에는 자신에게 하는 약속도 소중하다. 나는 살아가면서 나 자신에게 수많은 약속을 해 왔다. 그것은 간단한 결심이기도 하고 거대한 포부나 인생 목표의 한 부분이기도 했다. 그 약속을 지켜 뿌듯함을 느껴도 보았지만, 어떤 때는 그것을 지키지 못해 가슴 아픈 적도 참 많았다. 그럴 때마다 내 마음에는 위로와 격려의 종소리가 울렸고 때로는 경고와 질책의 종소리도 들렸다.

삶에 참다운 의미를 가진 사람이라면 누구나 종 하나쯤은 가슴에 품고 산다. 그 종은 소리가 명쾌하여 세상 멀리까지 울리기도 하고, 낡아서 소리가 잘 나지 않거나 새것이라 어색하게 들리는 것도 있다. 그런데 가진 자의 품격과 습성에 따라 종소리의 음색이나 깊이도 달라진다. 때로는 처음 가진 마음을 되새기는 길잡이가 되어 자칫 잘못된 길로 가면 언제든지 '땡땡땡땡' 하는 경고음을 울리기도 한다.

이제 육십 대를 살아가는 이 나이에 나는 스스로에게 어떤 약속을 하고 내 마음의 종소리는 그 약속을 어떻게 지키기를 바라고

있는가. 그리고 나의 종소리는 어느 누구에게 어떤 울림을 주고
있을까.

식당 종소리는 이미 그쳤는데 그 여운은 내 가슴에 남아 게으르
지 말고 늘 깨어 있으라 한다.

노숙자의 꿈

겨울 혹한에 온 세상이 얼어붙고 사람들은 몸을 외투 속에 깊숙이 파묻은 채 총총걸음으로 분주하다. 서울역 지하도에 남대문경찰서로 나가는 통로 뒤로 여러 갈래의 줄이 길게 늘어섰다. 마치 갯벌 속에서 분탕질을 한 시커먼 문어발 같다. 끝이 어딘지 보이지도 않는다. 거기에는 노숙자 행색을 한 노인 수백 명이 오전 내내 목을 빼고 기다리고 있다. 어디서 온 노인들일까. 대열에서 이탈하지 않으려는 듯 모두 초조하게 앞만 바라본다.

마음씨 좋아 보이는 할미니에게 물었다. "할머니, 지금 뭐하려고 여기 서 계세요?" 할머니는 주름이 깊은 눈꺼풀을 깜박이며 대답했다. "나도 몰라. 남들이 서 있으니 나도 따라 서 있어." 그 연유가 더욱 궁금해졌다. 알고 보니 '꽃동네'에서 생활이 어려운 분들에게 겨울 외투를 공짜로 나눠준다는 소문을 듣고 사방에서 몰려온 사람들이다. '꽃동네'는 한 사람도 버림 받지 않는 세상을 만들기 위해 어느 신부가 설립한 복지시설의 이름이다.

웅성거리는 기척이 들리는가 싶더니 앞쪽에서 몇 사람이 잽싸게 뛰어 나가자 줄이 흐트러지며 서로 먼저 가려고 난리다. 어떤 이는 절뚝거리며 뛰어가고 어떤 사람은 앞 사람 어깨를 움켜잡으려 허우적댄다. 두 눈을 부릅뜬 건 분명 생존의 몸부림이었다. 나는 하마터면 몰아치는 인파 속에 떠밀려 바닥에 넘어질 뻔했다.

노숙자는 우리 사회의 병든 어두운 그림자이다. 사업에 실패하여 살 집을 잃었던지 변변한 직업 하나 없어 수입이 바닥났거나 질병을 앓고 가족에게 버림받은 사람들이다. 이 현상은 사회 안전망이 제대로 작동하지 않은 당연한 귀결임에 틀림없다.

나도 찬바람 부는 겨울날 산기슭에서 하룻밤 노숙을 한 적이 있다. 군 복무 중에 작전에 참가하기 위해서였다. 잠자리가 여의치 않으니 극한상황에서 무엇을 못할까. 부끄러움이나 창피한 것도 없었다. 동네 논바닥에 누워있는 볏단을 한 아름씩 짊어지고 평평한 나무 아래에 둥지를 텄다. 겨울 밤하늘이 그리 멀고 아득한 걸 그때 알았다. 그날 밤 품속이 따뜻했던 까닭인지 내 가슴 속으로 별이 날아오는 꿈을 꾸었다. 아침이 나른하기에 하루 더 지내고 싶었지만 오전에 철수하여 부대로 돌아간다니 한편으로 섭섭하기까지 했다. 이 사회의 노숙자들도 세상 근심과 끈적한 인연에서 떨어져 있으니 영혼이 자유롭고 마음이 편안해지는 건 아닐까. 포기하는 게 많으면 배짱도 생기는 법이다. 한 번 선택으로 노숙자 생활에 빠지면 습관이 되는 건 순식간이다. 그 유혹을 이겨내지 못하면 평생을 그렇게 살다 간다.

노숙이란 말은 원래 '바람 속에서 먹고 이슬을 맞으며 잔다.'는 풍찬노숙(風餐露宿)에서 나온 말이다. 광화문 네거리 지하 통로에 밤이 어스름할 때면 어김없이 종이 박스 몇 조각을 들고 잠자리를 찾는 사람들이 있다. 잠시 주위를 살피다 한쪽 구석에 자리를 깔고는 벽 쪽으로 돌아눕는다. 그들이 가진 건 해진 침낭과 컵라면 한두 개가 전부다. 차디찬 바닥에서 밤을 지새우며 무슨 생각을 할까. 그리운 가족을 만나거나 본래의 자기 모습을 찾으러 가는 꿈을 꿀까, 아니면 아무 생각 없이 배고픈 것도 잊으려 잠만 청하고 있으려나. 오늘은 단지 누가 옆에 와서 자리를 떠나라고 해코지나 하지 않을까 그게 염려될 뿐이다.

그들에게 신체가 건강하면 뭐라도 하고 살아야지 마냥 게으르고 자포자기해서야 되겠냐고 등을 떠미는 건 배부른 자의 섣부른 행동이다. 그들의 입장이 되어보기 전에 어떤 생각을 하고 무슨 밀을 힐 수 있을까. 노숙자의 절반은 희망을 버리지 않는다고 하니 그나마 다행스런 일이다.

지하철역 올라가는 계단에서 구걸하는 사람을 만났다. 지갑에서 천 원짜리 지폐를 꺼내 녹슨 스테인리스 그릇에 살며시 올려놓았다. 지나가는 사람이 "교회 다니세요?"라고 묻는다. 내 모습이 그렇게 보였나보다. 바닥을 뚫고 들어갈 듯 고개를 깊숙이 숙인 모습이 세상을 향해 꼿꼿이 서려면 아무래도 시간이 꽤나 걸릴 것 같다. 그들에게서 강가에 있는 갈대가 연상되었다. 지금은 비록 뿌리가 약해 바람이 불면 속절없이 흐느적대지만 언제든 다시 일어서는 꼿꼿함을 보고 싶은 까닭이리라.

카프카가 살던 집에 다녀온 어느 작가의 여행기를 읽은 적이 있다. 조그만 방 하나에 숲이 보이는 창문이 전부였다. 작은 책상 하나 없고 살림살이도 거의 남아있지 않았다. 그는 거기서 사색을 하고 글도 쓰고 바깥세상을 바라보았을 것이다. 나의 집은 비록 작지만 방이 있고 소파가 놓인 거실도 있다. 서재는 없지만 안락한 식탁이 있어 글을 쓰고 책도 읽는다. 무엇을 더 바라겠는가. 누울 자리가 있고 아내가 차려주는 따스한 밥 한 그릇에 김치 깍두기와 된장찌개면 족하지 않은가.

오늘따라 잠자리가 유난히 포근하다. 작은 담요 한 장 덮었는데 온 세상이 나를 감싼 듯하다. 노숙자들이 따뜻하게 몸을 녹이며 좋아하는 별자리 꿈을 꾸었으면 참 좋겠다.

해 질 무렵

서해 바다는 해 질 무렵도 아름답다.

안면도의 꽂지 해변에서 석양을 보았다. 바다에서 일출은 여러 번 보았지만 일몰의 순간을 맞은 건 거의 십 수년만인 듯싶다. 서해보다 동쪽 바다를 즐겨 찾았던 연유이다.

해변 가까이에 '할미바위'와 '할아비바위'가 섬이 되어 서로의 손을 꼭 잡고 바닷물에 발을 담근 채 하염없이 석양을 바라보고 있다. 오랜 세월 한 자리에서 해가 지는 순간을 맞이하며 그들은 무슨 생각을 하였을까. 전설처럼 전쟁터에 나간 젊은 지아비를 기다리다 돌이 된 할미가 또 하나의 돌이 되어 자기 곁으로 돌아온 할아비와 못다 한 사랑을 나누고 있었으리라.

석양을 맞이한 하늘은 온통 붉은 기운으로 물들고, 바다도 태양의 모습을 그리며 금빛 물결로 출렁인다. 하늘과 해와 바다와 섬이 한데 어우러진 한 폭의 그림 같은 절경에 가슴이 벅차오른다. 그들과 내가 하나 되는 순간이다. 서쪽 하늘에 떠 있는 해를 바라보며 나는 가슴이 아려 옴을 느낀다. 이 태양은 이제 지고 나면 오늘이라는 시간도 함께 가버린다. 태양이 떠올라 아침이 오고, 하늘에 머무는 동안 낮이 되고 태양이 지면서 하루가 끝난다. 태양은 하루라는 선물을 우리에게 아무런 보상도 없이 주고는 말없이 사라지고 있는 것이다. 나는 오늘 하루를 어떻게 살았는가. 태양이 거저 준 이 하루를 진정 감사한 마음으로 보람 있게 보냈던가. 바다에서 불어오는 한 줄기 바람이 내 가슴에 회한(悔恨)의 물결을 일으키며 지나간다.

일몰의 순간을 보기 위해 멀리서 혹은 가까이에서 사람들이 해변으로 몰려들었다. 그들은 어떤 사연으로 이곳을 찾은 걸까. 낙조가 아름답기 때문일까, 아니면 하루해가 지나감이 아쉬워서일까. 사진을 연신 찍어대는 모습들이 이 순간을 추억으로 간직하고픈 마음이 무척 간절해 보인다.

수평선을 넘기 전에 태양은 스스로의 모습을 발갛게 치장을 한다. 조금 전까지 백열등처럼 환하게 빛나더니 이제는 주홍색 셀룰로이드 종이 너머로 바라보이듯 본래의 자기 모습을 그대로 보여준다. 이제 태양은 한참을 쳐다봐도 눈이 부시지도 않고, 자꾸만 작아지면서 어두운 그림자를 드리운 채 퇴색되어 간다. 나는 애석한 마음에 주변의 군중들처럼 해가 사라질 때까지 카메라 셔터를 눌러댔다.

이제 주변에 어두움이 드리운다. 저 멀리 수평선에서부터 시작되는 저뭇한 기운이 서서히 내 앞으로 다가온다. 파도소리는 멈춘 지 오래고 길 위의 조그만 돌멩이까지도 어둠 속에 자취를 감춘다. 해변의 모든 것이 소멸되고 있다. 나는 이 세상에 홀로 남은 착각에 빠지고, 나 스스로의 존재 자체도 금세 사라질 것 같은 예감이 든다. 내가 이 시간에 나를 위해 아무것도 할 수 없음이 안타까울 뿐이다. 하지만 나는 두렵지 않다. 일몰 후에는 반드시 일출이 있고, 일출과 함께 내게도 또 다른 하루가 시작될 것이기 때문이다. 회한도 부끄럽지 않다. 나의 지난 삶이 자성(自省)과 함께 이타(利他)의 정신으로 살려고 애쓴 까닭이다.

아침에 동이 트는 대로 나는 해변으로 달려갔다. 할미바위와 할아비바위는 밤을 새워 바닷물을 물리고 자갈길을 텄다. 수많은 사람들이 그 길로 건너가 조개와 게를 줍고 꼬막도 딴다. 그토록 거친 바다에 어둠의 그림자가 말끔히 걷히고 온 세상은 밝고 활기차게 살아나고 있다.

"두 바위가 금슬이 좋아 그 안에 노루도 살고 절벽에 매달린 소나무도 잘 자라나 보네유." 해변의 파라솔 아래에서 해산물을 파는 할머니가 바다를 바라보며 하신 말씀이 귓전에 맴돈다. 그 바위들이 차라리 돌이 된 게 나은 듯싶다. 거친 바다에도 귀한 생명들을 보듬으며 의연히 버틸 수 있고, 영원의 시간 속에서 변치 않는 사랑을 나누며 아름다운 석양을 한없이 바라볼 수 있을 테니까.

나는 해변의 언덕에 서서 서쪽 하늘을 하염없이 쳐다본다. 오늘 해질 무렵의 석양은 어떤 모습일까, 그것이 궁금하다.

청설모의 추억

산이 가을 향기에 깊이 빠졌다. 산기슭의 잣나무 숲을 지나는데 위에서 우두둑 소리가 나더니 내 발 앞으로 잣송이 하나가 툭 떨어졌다.

잣나무에 잣 달린 걸 본 적이 없었는데 이게 웬일인가. 막대기로 잣송이를 길 한쪽으로 치우는데 마침 가지 위에 앉아 있던 청설모 한 마리가 나를 째려본다. 자기 먹을거리를 내가 해코지하는 줄 아나보다. 아무래도 그 청설모가 열매를 따다 떨어뜨린 것 같다. 내 뒤를 따라오던 노인 한 분이 그것을 주워 잣을 몇 알 빼내 내게 먹어보라고 건넨다. 고맙기는 했지만 자못 청설모가 걱정스러웠다. 우리를 바라보며 무엇엔가 곰곰이 생각에 잠긴 모양새다. 잣알을 반쯤은 남겨 놓았으니 그걸로 오늘 점심 식사가 될 듯싶기는 하다.

청설모는 호두를 한꺼번에 세 개씩 입에 물고 오물거리기도 하고, 껍질을 까거나 껍질째 바삭바삭 깨물어 먹는 솜씨는 정말 능숙하고 대단하다. 몸은 날렵하여 한번에 1m씩 가지와 가지 사이로 날아가기도 한다. 청설모는 한때 중국이나 일본에서 들어왔다는 말이 있었지만, 학명이 'Sciurus vulgaris coreae'이고 영어 명칭이 한국 다람쥐(Korean squirrel)인 걸 보면 한국 토종인 게 분명하다.

요즘 회사 오너들이 직원이나 하청업체에 갑질을 하여 사회적인 지탄을 받는 일이 생겨나고 있다. 대금 미납과 무리한 계약해지, 직원 폭행, 해외 고가품 밀수와 탈세 등으로 고발되어 검찰에서 조사 받는 이들이 자꾸만 늘어난다. 그럼에도 불법이 습관 되어 죄의식을 느끼지 못한 채 버젓이 활동을 계속하고 있다. 세상을 자기 것인 양 착각하는 안하무인과 후안무치의 민낯이다. 우리 사회는 언제부턴가 자존감과 상호부조의 정신은 상실되어가고 서로에 대한 신뢰도 자꾸만 떨어지고 있다. 나만 배부르면 되고, 국가나 이웃도 개인의 욕망 앞에서는 항상 뒷전이다. 사회 공동체에 대한 인식도 점차 사라지고 있다. 권력을 가진 자, 재산이 있는 자, 지위가 높은 자들이 더한다.

그렇게 병든 모습으로 살아가는 사람들을 바라보다 언뜻 산에 사는 청설모가 생각났다. 그런 이들이 바로 청설모를 닮은 데가 있는 듯하여, 나는 문득 그들 대신 청설모에게 내가 하고 싶은 마음을 전하고 싶어졌다.

청설모야, 산에 사는 청설모야. 산을 오르다 보면 나뭇가지를 타고 다니는 네가 자주 눈에 띈다. 언뜻 다람쥐인가 싶다가도 크기와 색깔이 사뭇 달라 이제는 구분이 간다. 인상이 좀 험악한 데가 있어 혼자 걸을 때 너를 만나면 섬찟 놀라기도 한단다.

너희는 겨울잠도 자지 않고 먹이를 찾아 산을 휩쓸고 다닌다니 힘들지도 않는가. 무슨 욕심이 그리도 많은가. 먹이는 보관해 두고 아껴서 먹는 습관이 있어 간혹 그 장소를 잊어버려 찾지 못하는 일도 생긴다는데 그게 정말인가. 그래서 오히려 그 열매가 땅에 심어져 생태계에 보탬이 된다고 하니 이 얼마나 모순된 일이겠나. 이젠 좀 쉬엄쉬엄 다니고, 꼭 먹고 싶은 것만 골라서 먹을 만큼만 모아 두지 그래. 힘들여 구한 먹이를 너 혼자 다 먹지 못하고 버리게 되어 많이 속상했겠다.

너희는 다람쥐와는 같은 숲에서 살아갈 수 없어 그들이 너의 영역으로 들어오면 쫓아낸다고 하더라. 다람쥐가 얼마나 사람들에게 친숙한 동물인지 모르는가 보다. 너희는 산이나 들에서 자라는 매화나 호두와 잣을 싹쓸이해서 농사를 망치게도 한다니 어찌 그럴 수 있나. 농부들이 그 일로 상심이 커지고, 너희를 골치 아픈 흉물로 여겨 물리치려 애쓰는 걸 왜 모르는가. 골프장 인근이나 동네 야산에는 너희가 넘어오지 못하게 망을 쳐 둔 데도 생겼다니 정말 한심한 노릇이다.

청설모야. 너희도 알다시피 산에 사는 동물이나 식물은 서로 사랑하고 도와주며 좋은 환경을 가꾸고 산다. 새들은 즐겁게 노래하고, 다람쥐는 보기만 해도 즐겁다. 나뭇잎과 껍질은 벌레들의 안식처이고, 벌레는 새들의 훌륭한 먹이가 된다. 하지만 그렇게 좋은 산 속에서도 너희만이 유달리 미움을 받고 있구나. 너희는 스스로가 숲을 헤치는 것도 의식하지 못하고, 산의 좋은 이미지를 망쳐도 모른 척하며 오직 욕심 채우는 일에만 급급한 것 같다. 장마가 져 산사태가 나고, 소나무가 병충해에 시달려도 관심이 없다. 산림을 보존하는 사람들을 원망하는 눈초리로 바라보며 숲에서 자라는 성한 먹이를 더욱 파헤친다고 하니, 언제까지 그러고 살 것인가.

너희들이 마음을 다잡아 숲을 잘 보존하고 숲 속의 온갖 동식물과 어울려 잘 살아갈 수 있기를 나는 바란다. 이제는 농부들의 가슴을 더 이상 아프지 않게 했으면 하는 마음 간절하다. 이제 겨울이 다가오는데, 마음이라도 따뜻해지면 매서운 추위도 견딜 만하겠지.

기도하는 남자

건물 이 층에 불이 켜져 있다. 거기는 며칠 전 가까이서 혹은 멀리서 모여든 성도들이 예배하며 기도하던 성전이다. 날이 저물어 초승달도 구름 속에서 자고 있는데, 주위에는 바람소리조차 들리지 않는다.

그 건물은 뒤편의 작은 공원 주위로 소나무가 우거져 멀리서 보면 마치 산속에 있는 듯하다. 교회는 첨탑이 높고 전통식으로 지어져 성탄절에 눈이라도 내리면 크리스마스카드에 나올 법한 멋진 모습이다. 지붕 위 십자기의 붉은 빛은 멀리서도 또렷하여 창공을 너머 온 세상을 비춘다.

성전 바닥에 중년의 한 남자가 무릎을 꿇고 기도하고 있다. 처음에는 또박또박 작은 소리를 내다가 시간이 지날수록 목소리가 커지면서 기도가 절실해지기 시작한다. 두 손은 바닥을 짚고 고개를 깊이 숙였다. 삶의 무게 때문에 내려앉은 어깨너머로 인생 여정이 파노라마처럼 펼쳐지는데, 강대상 뒤편의 하얀 벽에 매달린 십자가는 그를 사랑스런 표정으로 내려다보고 있다.

"하나님, 나에게 왜 이런 고통을 주십니까. 견딜 수 있을 정도만 연단하신다고 했는데, 너무나 벅차고 힘이 듭니다. 이제 그만 고통에서 벗어나게 하시고 평안을 주시옵소서."

그는 젊은 시절 자신의 성공을 위해 몸과 마음을 혹사하고, 오직 목표를 성취하는 일에 모든 것을 걸었다. 십자가가 주는 희생과 사랑의 의미를 알려고 하지도 않고 자신의 생각과 마음 가는 대로 살았다. 그러다 몸속에 악성 종양이 생겼고, 십 년 가까운 세월 동안 병원을 끊임없이 드나들었다. 검사 결과를 초조히 기다리며 의사의 말 한마디에 기쁨과 좌절이 교차하는 시한부 인생을 살고 있었다. 가족들의 병고도 자신을 따라다니는 그림자처럼 벗어날 수 없는 고통이었다. 가장으로서 할 수 있는 일이라고는 함께 아파하고 의연한 모습을 보이는 것뿐이었다.

지난날 힘들었던 기억들이 주마등처럼 지나갔다. 찬바람이 세차게 부는 겨울에도 그는 벌판에 홀로 세워진 채 어느 누구의 관심도 받지 못하는 외로운 나그네였다. 하소연할 데도 없고 소리를 질러 봐도 허공으로 맴돌 뿐이었다. 가슴은 까맣게 타 들어가는데 터널의 끝은 보이지 않고, 자기와 비슷한 처지에 있는 사람이 죽음을 선택하는 소식에 공감을 느껴보기도 했다. 그러다 주위의 권유로 교회를 찾았고, 성경 말씀을 묵상하며 하나님이 살아있고 자신의 삶을 주관한다는 사실을 깨달았다.

그 남자는 흐느끼다 못해 눈물을 흘리면서 성전 바닥을 짚고 있던 두 손을 바들거리며 떨고 있다.

"나의 모든 죄를 용서하소서. 내가 지은 죄가 무엇인지 진정으로 알게 하시고, 선하고 바른 길로 인도하시옵소서. 기도를 통해 육신과 영혼을 산 제물로 드리니 나를 새롭게 태어나게 하소서."

남자 뒤로 천사가 하늘에서 내려와 두 어깨를 감싸며 위로하고 있다. 이제 암흑 속에 있던 그에게 한 가닥 빛이 보인다. 온갖 시련이 닥쳐와도 하나님은 언제나 자기와 동행한다는 것과, 구름이 하늘을 덮어도 저 너머에는 분명 이글거리는 태양이 있다는 사실을 깨닫는다. 절망 속을 헤맸지만 이제 그는 희망에 대한 확신을 갖게 된다.

"새들도 폭풍이 멎으면 다시 노래하는데, 사람인 우리가 그렇게 하지 못할 이유가 무엇인가." 미국의 대통령과 상원의원을 지낸 자녀들을 죽음으로 보낸 케네디 가의 대모(大母) 로즈 여사의 말이 그의 가슴에 뼈저리게 와 닿는다. 그녀는 고난을 겪으면서도 더욱 강인해지는, 성공한 인생의 산 증인이었던 것이다.

"고난을 통해 시련과 고통을 주셔서 감사합니다. 하나님은 고통을 주심으로 남을 이해하고 진정한 감사가 무엇인지 깨달을 수 있게 하셨습니다. 이제 하나님의 뜻에 따라 나를 사용하시고, 목적하는 대로 이끌어 주시옵소서."

기도가 끝날 무렵 십자가에서 하얀 빛을 내며 내려오신 분이 두 팔로 남자를 품에 안는다. 감사와 회한의 눈물을 흘리는 남자에게서 자비하신 예수의 모습이 보인다.

회룡포

    육지 속의 섬마을 회룡포에는 둘레 길이 있다. 길은 강을 따라 섬을 한 바퀴 돈다. 휘돌아 가는 강과 함께 나도 돌아가고 강줄기도 때를 맞추어 말없이 따라온다. 둘레 길은 잠시도 멈추지 않고 크고 작은 동산을 넘어가고 또 넘어온다. 나무가 우거진 산길에 뻐꾸기 소리가 한창이더니 길이 한 굽이 넘어간 후로는 고요하다. 옛 생각에 잠긴 것인가. 그 빈자리에 강 건너편 산에서 울려오는 풀벌레 소리가 메아리가 되어 하늘로 오른다.

    회룡포에는 닉동깅으로 합류되는 내성천이 회감아 도는데, 그 모양은 거북이 머리의 형상을 하고 있다. 가느다란 목을 지나 머리를 한 바퀴 돌아 한참을 가다 보면 어느덧 목의 반대편에 다다른다. 오솔길을 잠시 걷다 보면 조금 전에 지나온 바로 그 건너편 쪽으로 다시 갈 수 있다. 회룡포가 거북이를 닮았기에 천천히 그리고 오랜 시간을 돌아가게 하는가 보다. 섬 중앙에는 조그만 마을이 파랑 주황 갈색 지붕을 하고 한곳에 사이좋게 둥지를 튼 모양새다. 마을 어귀의 언덕에 살구나무 줄기가 길 양쪽으로 자라서 아치형 철사 줄을 타고 꼭대기에서 만났다. 마을 안길로 난 자리에는 들꽃 마당을 내고 이곳저곳에 공원과 잔디를 예쁘게도 가꾸었다. 이 고장 사람들의 애향심이 곳곳에 스며 있는 듯하다.

길을 따라 한 바퀴 돌고 나니 조금 전에 출발했던 마을 표지석이 나를 반긴다. 돌아가는 길에도 개울을 가로지르는 돌다리를 건너갔다. 개울은 예전에 물이 좋았을 때 오랜만에 찾은 이 고장 사람들이 물놀이를 하며 향수에 흠뻑 젖었으리라 짐작해 본다.

어느 가수는 강기슭에 다시 선 나른한 나그네를 위해 애절한 노래를 목청껏 들려준다.

내 것이 아닌 것을 멀리 찾아서 휘돌아 감은 그 세월이 얼마이더냐
물설고 낯 설은 어느 하늘 아래 빈 배로 나 서 있구나
채워라 그 욕심 더해가는 이 세상이 싫어 싫더라
나 이제 그곳으로 돌아가련다 내 마음 받아주는 곳
아 어머니 품속 같은 그곳 회룡포로 돌아가련다

－고경환 〈회룡포〉

노래 가사는 마음을 내려놓고 쉼을 찾아 예전의 자리로 돌아가

고 싶다고 호소하고 있다. 그곳이 바로 여기 회룡포란다. 가사처럼 오랜 세월 낯설은 곳에 살고 있지만, 돌아가야 할 데가 진정 어디인지 잘 알지 못하고 또 알려고도 하지 않는 게 우리네 인생이다.

내 마음의 회룡포는 과연 어디일까. 내가 돌아가 편히 쉴 수 있는 곳, 거기는 나를 기다려주는 곳인가 아니면 내가 돌아가고 싶은 덴가. 노랫말대로 내가 돌아갈 데가 내가 떠났던 곳이라면 그곳은 진정 어디일까. 떠난 곳은 고향일 수 있고, 타향의 정든 집일 수도 있다. 여행길에 우연히 마주친 아름다운 풍경이나 하룻밤을 지낸 외딴 오두막집일 수도 있다. 거기에는 사무친 그리움이 있고 사랑이 있기에 돌아가고 싶은 곳, 외롭거나 분주해도 늘 내 마음이 가는 곳, 간절한 기다림이 있는 그런 곳이리라.

도연명은 〈귀거래사〉에서 '고귀한 정신'을 '육신의 노예'로 만든 지난날의 잘못을 깨달으며 고향 풍경과 가족 사랑이 그리워 자연 속으로 홀연히 떠났고, 어느 시인은 영원한 행복을 찾아 바다와 푸른 숲으로 돌아가는 꿈을 노래했다. 유치환이 〈깃발〉에서 소망한 이상향을 찾아 나서지는 못할지라도, 그들은 모두 현실을 떠나 평안과 자유를 누리고 싶어 하였다.

시인들의 마음처럼 세상 욕심과 근심 걱정 다 내려놓고 자연으로 돌아가는 것도 새로운 용기가 필요하다. 살아가며 지어 놓은 인연의 고리를 끊고서, 아무것도 이룬 것 없고 얻은 것 없어도 미련을 두지 말고 떠날 수 있어야 한다. 성경의 출애굽기에서 모세가 이끄는 이스라엘 민족이 이집트를 떠나 홍해를 건넜던 것도 주어진 삶의 틀에서 벗어나 해방과 구원으로 가는 치열한 몸부림이 있었기 때문이다.

나에게도 굴곡진 시간이 참으로 많았다. 내가 쌓아 놓은 모래성들이 세파에 휩쓸려 넘어지고 사라지는 일이 수도 없이 이어졌다. 이제 나이 칠순으로 가는 길목에서 나 스스로를 틀에 박힌 일상의 노예로 삼지 말고 자유롭게 꿈을 꾸는 사람이 되고 싶다. 욕심을 따라 방황하던 가식의 탈을 떨쳐내고 진정한 자아를 찾아 떠나가리라. 라이너마리아 릴케가 〈두비노의 비가〉에서 읊은 것처럼 우리의 삶은 단 한 번만 존재할 뿐 다시는 오지 않고 새롭게 시작되는 기회도 없으니.

내게 회귀의 본능과 평안과 자유의 소망을 깨우쳐 준 회룡포가 다시 그립다. 인생의 강을 휘돌아 내 마음의 고향으로 돌아갈 날을 나는 잠잠히 세고 있다.

김국현 에세이